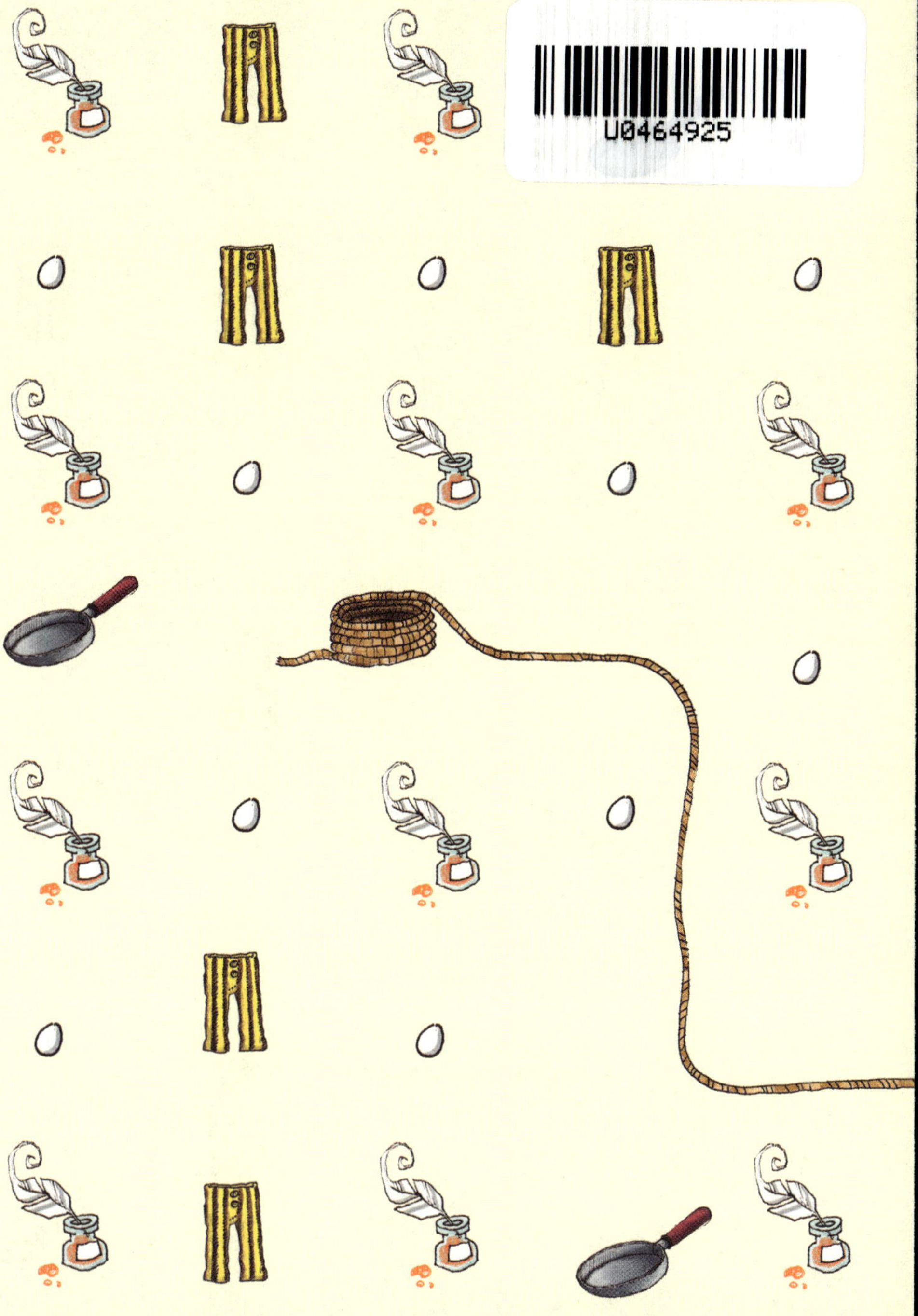

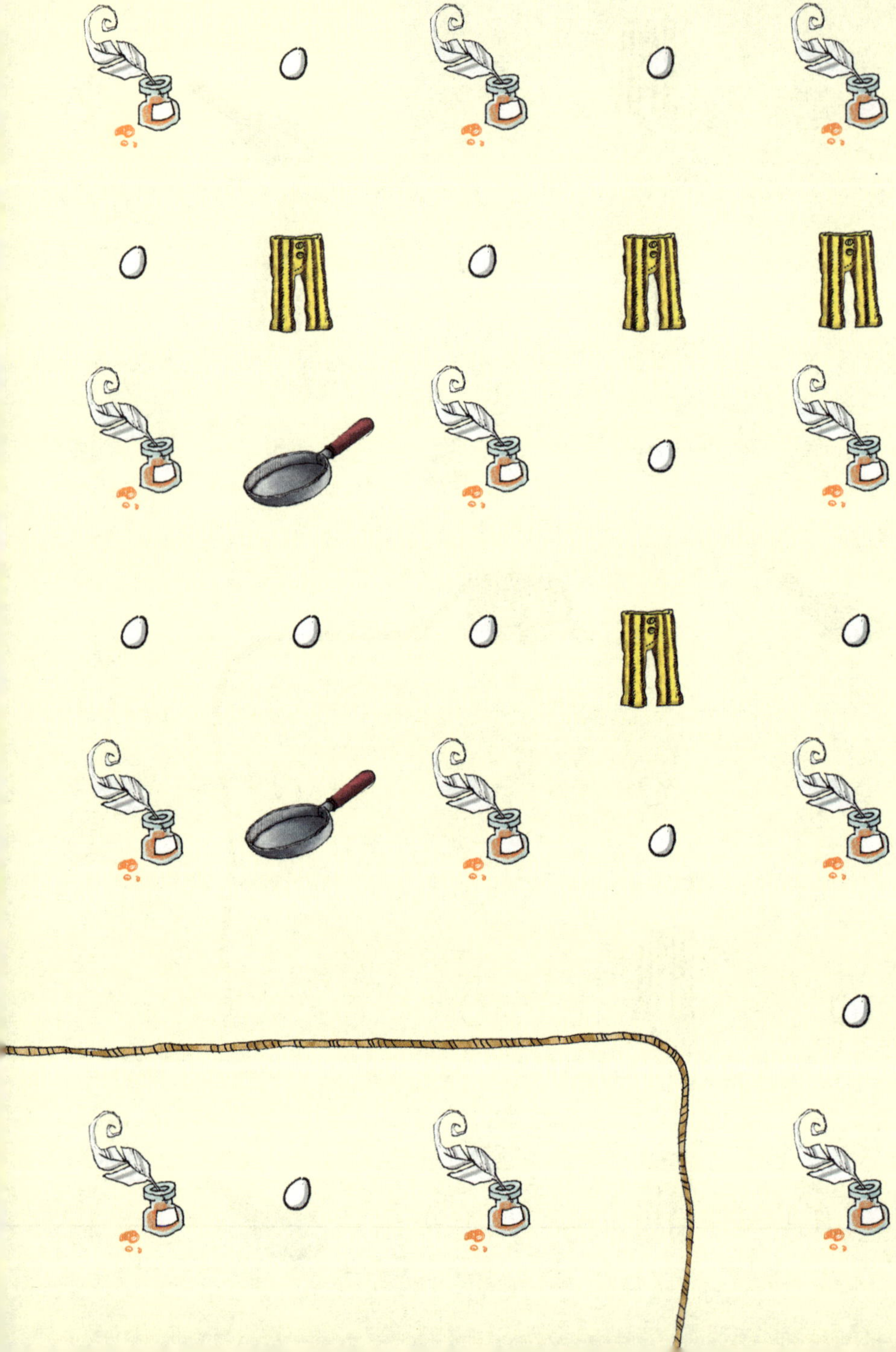

国际大奖小说
德国青少年文学奖

傻瓜城

Bei uns in Schilda

[德]奥德弗雷德·普鲁士勒 / 著
[德]托斯腾·萨莱纳 / 绘
顾丽娟　陈坤泉 / 译

天津出版传媒集团
新蕾出版社

图书在版编目(CIP)数据

傻瓜城 / (德) 奥德弗雷德·普鲁士勒著；(德) 托斯腾·萨莱纳绘；顾丽娟, 陈坤泉译. -- 天津：新蕾出版社, 2024.3
(国际大奖小说)
ISBN 978-7-5307-7669-8

Ⅰ. ①傻… Ⅱ. ①奥… ②托… ③顾… ④陈… Ⅲ. ①儿童小说-中篇小说-德国-现代 Ⅳ. ①I516.84

中国国家版本馆CIP数据核字(2023)第215543号

本作品简体中文专有出版权经由Chapter Three Culture独家授权
Otfried Preuβler – Bei uns in Schilda
Illustrated by Thorsten Saleina
Ⓒ2020 by Thienemann in Thienemann-Esslinger Verlag GmbH, Stuttgart.
Rights have been negotiated through Chapter Three Culture
Simplified Chinese translation copyright Ⓒ 2024 by New Buds Publishing House (Tianjin) Limited Company
ALL RIGHTS RESERVED
津图登字：02-2022-262

书　　名	傻瓜城 SHAGUA CHENG
出版发行	天津出版传媒集团 新蕾出版社
	http://www.newbuds.com.cn
地　　址	天津市和平区西康路35号(300051)
出 版 人	马玉秀
电　　话	总编办(022)23332422 发行部(022)23332679　23332351
传　　真	(022)23332422
经　　销	全国新华书店
印　　刷	天津新华印务有限公司
开　　本	880mm×1230mm　1/32
字　　数	100千字
印　　张	5.75
版　　次	2024年3月第1版　2024年3月第1次印刷
定　　价	30.00元

著作权所有，请勿擅用本书制作各类出版物，违者必究。
如发现印、装质量问题，影响阅读，请与本社发行部联系调换。
地址:天津市和平区西康路35号
电话(022)23332677　邮编:300051

一辈子的书

◎ 梅子涵

◆亲近文学◆

一个希望优秀的人,是应该亲近文学的。亲近文学的方式当然就是阅读。阅读那些经典和杰作,在故事和语言间得到和世俗不一样的气息,优雅的心情和感觉在这同时也就滋生出来;还有很多的智慧和见解,是你在受教育的课堂上和别的书里难以如此生动和有趣地看见的。慢慢地,慢慢地,这阅读就使你有了格调,有了不平庸的眼睛。其实谁不知道,十有八九你是不可能成为一个文学家的,而是当了电脑工程师、建筑设计师……可是亲近文学怎么就是为了要成为文学家,成为一个写小说的人呢?文学是抚摸所有人的灵魂的,如果真有一种叫作"灵魂"的东西的话。文学是这样的一盏灯,只要你亲近过它,那么不管你是在怎样的境遇里,每天从事怎样的职业和怎样地操持,是设计房子还是打制家具,它都会无声无息地照亮你,使你可能为一个城市、一个家庭的房间又添置了经典,添置了可以供世代的人去欣赏和享受的美,而不是才过了几年,人们已经在说,哎哟,好难看哟!

谁会不想要这样的一盏灯呢?

◆阅读优秀◆

文学是很丰富的,各种各样。但是它又的确分成优秀和平庸。我们哪怕可以活上三百岁,有很充裕的时间,还是有理由只阅读优秀的,而拒绝平庸的。所以一代一代年长的人总是劝说年轻的人:"阅读经典!"这是他们的前人告诉他们的,他们也有了深切的体会,所以再来告诉他们的后代。

这是人类的生命关怀。

美国诗人惠特曼有一首诗:《有一个孩子向前走去》。诗里说:

有一个孩子每天向前走去,

他看见最初的东西,他就变成那东西,

那东西就变成了他的一部分……

如果是早开的紫丁香,那么它会变成这个孩子的一部分;如果是杂乱的野草,那么它也会变成这个孩子的一部分。

我们都想看见一个孩子一步步地走进经典里去,走进优秀。

优秀和经典的书,不是只有那些很久年代以前的才是,只是安徒生，只是托尔斯泰，只是鲁迅；当代也有不少。只不过是我们不知道，所以没有告诉你；你的父母不知道，所以没有告诉你；你的老师可能也不知道，所以也没有告诉你。我们都已经看见了这种"不知道"所造成的阅读的稀少了。我们很焦急，所以我们总是非常热心地对你们说，它们在哪里，是什么书名，在哪儿可以买到。我就好想为你们开一张大书单，可以供你们去寻找、得到。像英国作家斯蒂文生写的那个李利一样，每天快要天黑的时候，他就拿着提灯和梯子走过来，在每一家的门口，把街灯点亮。我们也想当一个点灯的人，让你们在光亮中可以看见，看见那一本本被奇特地写出来的书，夜晚梦见里面的故事，白天的时候也必然想起和流连。一个孩子一天天地向前走去，长大了，很有知识，很有技能，还善良和有诗意，语言斯文……

同样是长大，那会多么不一样！

◆自己的书◆

优秀的文学书，也有不同。有很多是写给成年人的，也有专门写给孩子和青少年的。专门为孩子和青少年写文学书，不是从古就有的，而是历史不长。可是已经写出来的足以称得上琳琅和灿烂了。它可以算作是这二三百年来我们的文学里最值得炫耀的事情之一，几乎任何一本统计世纪文学成就的大书里都不会忘记写上这一笔，而且写上一个个具体的灿烂书名。

它们是我们自己的书。合乎年纪，合乎趣味，快活地笑或是严肃地思考，都是立在敬重我们生命的角度，不假冒天真，也不故意深刻。

它们是长大的人一生忘记不了的书，长大以后，他们才知道，原来这样的书，这些书里的故事和美妙，在长大之后读的文学书里再难遇见，可是因为他们读过了，所以没有遗憾。他们会这样劝说："读一读吧，要不会遗憾的。"

我们不要像安徒生写的那棵小枞树，老急着长大，老以为自己已经长大，不理睬照射它的那么温暖的太阳光和充分的新鲜空气，连飞翔过去的小鸟，和早晨与晚间飘过去的红云也一点儿都不感兴趣，老想着我长大了，我长大了。

"请你跟我们一道享受你的生活吧！"太阳光说。

"请你在自由中享受你新鲜的青春吧！"空气说。

"请你尽情地阅读属于你的年龄的文学书吧！"梅子涵说。

现在的这些"国际大奖小说"就是这样的书。

它们真是非常好，读完了，放进你自己的书架，你永远也不会抽离的。

很多年后,你当父亲、母亲了,你会对儿子、女儿说:"读一读它们,我的孩子!"

你还会当爷爷、奶奶、外公和外婆,你会对孙辈们说:"读一读它们吧,我都珍藏了一辈子了!"

一辈子的书。

目 录

1 | 吉卜赛人的恐怖预言
5 | 混得挺风光的男人们
8 | 束手无策的女人们
10 | 都是聪明惹的祸
14 | 决绝的誓言
18 | 不愿意当傻瓜的市民
22 | 空前绝后的设计图
26 | 为了面子,一切在所不惜
32 | 跟木头较劲
37 | 伸手不见五指的市政厅

42 | 香肠蒸锅的妙用

45 | 搬运阳光

49 | 走江湖的木匠

54 | 终于豁然开朗

59 | 刻舟求钟

64 | 勇斗湖中怪兽

70 | 种麦得麦,种盐得盐

74 | 驱赶牛群的妙招儿

80 | 失望,太让人失望了

85 | 吊牛吃草

89 | 双手埋葬发家梦

95 | 陛下即将巡幸

99 | 选一个才高八斗的新市长

106 | 澡堂里的威严

110 | 押韵难不倒天才

114 | 裘皮大衣的风波

119 | 伟大谦虚的市长夫人

124 | 天衣无缝的迎驾准备

131 | 皇上驾临

137 | 高潮迭起的盛宴

142 | 找回自己的腿

148 | 像野火一样蔓延的鼠灾

155 | 启用捉鼠狗

162 | 傻瓜城的灭顶之灾

傻瓜城湖

通向湖边之门

猪出入之门

运盐之门

南门

小傻瓜河

傻瓜城山

通向其他地方

傻瓜城全貌

大傻瓜河

通向世俗之城

吉卜赛人的恐怖预言

在咱们的希尔达城，过去几年里曾发生过许许多多稀奇古怪的事情，如果把它们都忘却了，那会非常遗憾的。我叫耶雷米亚斯·蓬克图姆，那时是这座城市的书记员，也是这些事情的参与者和见证人。我决定把其中最重要的几件事情如实地记录下来，留给我们的子孙后代。为了故事真实自然，我保证不疏漏删削，不修饰美化，不添油加醋。

首先交代发生这些事情的地点，作为我讲述的开始。了解希尔达城的人可以略去不读，不了解希尔达城的人必须认真地读一读。

希尔达城曾位于两条河流的交汇处，其中一条叫大希尔达河，另一条叫小希尔达河。我之所以说"曾位于"，是因为该城现已不复存在，八年前的一场大火把整座希尔达城烧成了一片灰烬。这把火

正是我们希尔达人自己点燃的。

为什么和怎么样——那是后话。

在该城的北面有一个湖泊,名叫希尔达湖,湖岸边芦苇丛生。那时我们把市政厅的大钟藏在这个湖里。此事我以后再详细讲述。

希尔达城的南面是高高的、陡峭的希尔达山,朝我们这一侧的山坡上树木稀疏。从山顶上可以清楚地俯瞰全城。我经常站在那里眺望希尔达城里赏心悦目的、盖着木瓦的木架房屋,弯弯曲曲的街道,教堂和市政厅。多么雄伟的市政厅!可只要一想起这座市政厅,我就感到非常悲哀。

这里顺便说一说几条街道和几幢房屋的名称。

例如针耳巷,马粪路,炸鸭房,面条儿屋……这似乎扯得太远了。

烧毁前的希尔达城有三百六十七个居民,其中约四分之一是已婚男人,剩下的是妇女、孩子和单身汉。

虽然每个人都是手艺人——鞋匠、裁缝、啤酒酿造师、屠宰工、面包师、蜡烛师傅、铁匠等等,但是大家都有一个共同点:除了手艺,他们都辛勤地种庄稼、养牲畜。每个人在城外都有属于自己的土地,在家里都有畜栏和谷仓。在他们自己的屋前都有一个大粪堆,这使得希尔达城的每条街道都显得很富裕。

无论是谁走在这座城市的街道上,他都能听到来自四面八方的各种牲畜的叫声:母鸡下蛋后发出的咯咯声,公鸡的啼叫声,鸭和鹅的嘎嘎声,鸽子的咕咕声,猪的呼噜声,奶牛的哞哞声,羊的咩咩声,马的嘶鸣声,有时还有骡子的叫声和大狗、小狗欢快的吠叫声。

希尔达城里虽然各种家畜齐全,但谁想要在这里找到一只猫,那他定会失望的,因为猫——不,猫在我们这里没有居住权。

人们可能会认为这有点儿特别,但是我们希尔达人知道,为什么我们不容许在我们城里有猫这种动物存在。

人们不禁要问:这究竟是什么原因?

答案:为了谨慎起见!

从前,也就是很久很久以前,一个吉卜赛老人到过希尔达城,并向市民们预言:

"你们居住的这座城市会有一场可怕的灾难!它会在烟雾中毁灭,只剩下一大堆废墟。这场灾难的罪魁祸首是一只猫!"

"什么?是一只猫?"市民们将信将疑地问。

"是的,是一只猫!"这位吉卜赛老人又说了一遍,"不管你们信

傻瓜城
Bei uns in Schilda

不信——我警告你们！"

我们的祖先听信了他的话。"我们根本无法知道，"他们说，"无论如何我们要留点儿神，防止这场灾难的发生！"就在这一天，他们把所有的猫都赶出了希尔达城，不管黑猫、白猫、灰猫、棕猫还是花斑猫——通通赶走！"永远不再允许任何一只猫进入这座城市！"他们就这样果断做出了决定。

从那时起，希尔达城就没有猫了，但这有什么用呢？可惜我们城的毁灭并不因为这一举措而得以幸免。如上所述，这场灾难发生在八年前，罪魁祸首不是猫，而是一只捉鼠狗——我不想在这里过早讲述那属于故事结尾的内容。我还是回到故事的开头，一切从头讲起。从头讲起，也就是说，从咱们的爷爷们讲起。

混得挺风光的男人们

咱们的爷爷们都是些非常聪明的人,甚至连最有学问的教授都不能与他们相比,更不用说那些草包了。

当时,我们这座城市在所有人的心目中享有崇高的威望,无论皇帝和国王、公爵和侯爵,只要他们遇到难题需要解决,就来请求咱们的爷爷们帮助,希尔达人总是能告诉他们办法。这些事一传十,十传百,一直传到了遥远的俄罗斯,传到了马其顿皇帝的宫廷里,甚至还传到了土耳其皇帝的耳朵里。

每当土耳其皇帝需要帮助时,他就派遣使者去希尔达城,往往已经过去好几个星期了,他才能获得解决的办法。长此下去他感到很不方便,于是派人去问希尔达人,能否使事情进行得简单一些。为此希尔达人就干脆从他们中间派一个人到土耳其去。这位希尔

达人向土耳其皇帝致以衷心的问候,并自荐为皇帝的顾问而留在宫里。土耳其皇帝非常高兴,热情欢迎他的到来。

别国的皇帝和国王、公爵和侯爵们听说了以后,就决定仿效土耳其皇帝的做法。他们每个人在自己的宫廷里也要有一个完全属于自己的希尔达人。

就这样,咱们希尔达城的已婚男人很受青睐,离别家人去了远方。他们来到巴伐利亚和萨克森,来到法国、西班牙、意大利、英国以及其他地方。在这期间,咱们的奶奶们带着孩子和雇工留守在希尔达城里,操持家务、管理经济,因为总得有人待在家里干活儿,看管土地和园子,照看牲畜。

咱们的爷爷们尽心尽力地为他们的外国老爷们服务,为他们处理国家大事,制定一系列新法规,调停复杂的争端。因此,他们在国外渐渐赢得了很高的声誉、职位、头衔和很多的财富。

那几年里,大量金钱源源不断地流向希尔达城,因为咱们俭朴的爷爷们把他们在国外挣来的一切都兑换成了钱寄到家里。不久,这就累积成了一笔很大的财产——据说人人都是这样认为的。希尔达城的女人们因此非常高兴。

别处

束手无策的女人们

事实上,奶奶们的看法却大相径庭。几年以后,希尔达城的男人们从他们妻子寄来的信中了解到了这个看法。信是用红墨水写的,奶奶们把它抄寄给每一个在外的希尔达城的男人。男人们把信读了一遍又一遍,他们简直不相信自己的眼睛,摇着头又仔细地读了起来。信是这样写的:

亲爱的丈夫们,今天我们是在极大的困惑之中给你们写这封信。红墨水表示信是用我们的心血写成的。请你们好好读一读这封信并时刻铭记在心!

自从你们离开我们以来,已好几年过去了。那时希尔达城还是一座可爱的城市,可惜在这几年中已面目全非。但是过错不在于我们，而在于你们！我们是弱女子，不是男子汉，没有人听从我们的话。仆人们变懒了，不听我们的使唤。他们只想吃、只想喝，却不愿干活儿。谷物烂在地里，牲畜无人照看，畜栏里满是污秽和寄生虫。没有人修路，没有人扎篱笆，更没有人用木瓦盖屋顶，雨水落到了我们的汤锅里。井水干涸了，桥梁倒塌了，园子里长满了野草。

够了！如果我们想把这里发生的一切都告诉你们，我们可以毫不费力地写成一本书。最后还有一件事，我们无论如何得告诉你们，那就是有关孩子们的事！他们已长得高出我们一个头，可是他们把一切好的教导当成耳边风，姑娘们唐突无礼，小伙子们胸无大志。如果我们责备他们，就会被顶撞。要是我们处罚他们，他们就嘲笑我们。总而言之，对他们缺少强有力的教育手段，得有一个厉害的人来管教他们。

我们不必再多写什么了。聪明的丈夫们，你们知道自己该做什么。你们要是到星期天还不回来的话，那就永远别回来了！何去何从，望你们早做决定！

致以亲切的问候！

希尔达城的妻子们

都是聪明惹的祸

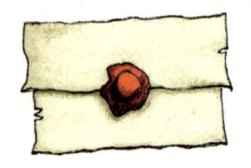

这封不幸的信使得咱们的爷爷们心急火燎地向皇帝和国王、公爵和侯爵请了假,打点好行装,急急忙忙地回到家里。他们在家乡看到的比他们担心会出现的最坏情况还严重,他们几乎认不出自己的城市了,城市彻底衰败了。

"这座城市必须彻底改变!"他们决定。

但是如何改变呢?

对这个问题要进行详细认真的讨论。

星期天上午,希尔达城的男人们全都聚集在集市广场的菩提树下。

"尊敬的邻居们,朋友们!"希尔达城年龄最大的男人对大会的召开表示由衷的欣慰,"我很高兴,你们都健康平安地回来了!但这也仅仅是这次重逢唯一值得高兴的事。你们知道我指的是什么。希尔达城,在我们离开的这段时间里,发生了诸多坏得不能再坏的事情,实在是太令人痛心疾首了。我们不要用很长的开场白浪费时间,而是要立即进行讨论,如何以最快的速度改变这种状况。谁想出了好办法,请发言!"

咱们的爷爷们一个接着一个地发表自己的意见。首先他们认为必须督促自己家里的仆人勤劳地工作,严格地遵守纪律;其次必须教育自己的孩子听话,有教养。只有这样,其他一切才会走上正轨。

"好,"那位曾在土耳其待过的男人(顺便提一下,他是我的舅公)紧接着说,"但是你们想想,我们究竟为什么会陷入这一困境?我正想告诉你们,这一不幸事件的罪魁祸首就是我们的聪明!"

"什么?聪明?!"大家惊讶得喊了起来。

"很简单,"我的舅公解释道,"要是我们不比别人聪明,那么外国的老爷们就不会把我们请去。如果我们不被接走的话,那么希尔达城也就安然无恙了!这就是整个事情的来龙去脉,问题的症结所在!"

"噢——那么我们该怎么办呢?"其他人问道。

傻瓜城
Bei uns in Schilda

"怎么办？"我的舅公对着广场大声说道，"我们必须永远抛弃使我们陷入困境的聪明！对，你们大家都听清楚了：抛弃聪明！从今

以后,咱们都要装成傻瓜!这样,皇帝和国王、公爵和侯爵就再也不会来找我们了,我们就可以安心地办好咱们自己家里的事了!这就是我的建议。希望你们能赞同并支持我的建议。"

决绝的誓言

要自愿做出这样一种牺牲,咱的爷爷们心里感到很矛盾,因此他们要求我的舅公给他们一个星期的考虑时间。在一个星期内,他们必须对赞成或是反对这个建议做出决定。

我的舅公表示同意。他在以后的几天里并不像人们想象的那样什么事都不做,在家里静候佳音。为了寻求支持者,他这个机灵鬼不走"男人路线",而是千方百计争取男人们的妻子做他的帮手。

咱们的奶奶们没有辜负他对她们的厚望,她们以自己特有的方式和手段让希尔达城的男人们俯首帖耳,听从指挥。

有一部分女人,尤其是较为年轻的女人,整整一个星期,变着法儿做最拿手的菜给丈夫吃,对他们温柔、体贴,同时向他们保证:

"你看,亲爱的,如果你待在家里,我就一直这样对待你!你将会在希尔达城和我一起享受最美好的生活!我对你不好吗?需要我明天为你做果酱加蜂蜜吗?要是你爱吃烤鹅,我也会做给你吃的!你要什么,喜欢什么,只要你一句话,我都会满足你的。关键是从现在起你要留在家里,留在我身边,不要再离开我!"一部分女人就是这样做的。

另一部分女人则恰恰相反,她们大吵大闹,使可怜的丈夫没有安生的日子,扯他们的耳朵,向他们掷靴子和木柴,更有甚者,向他们摇晃烧得火红的捅火钩或者烤锅,并且向他们宣称:

"如果下星期天你不说是或同意的话,你就会遭到惩罚。你要是胆敢反对,看我怎么收拾你!我就用这把扫帚——你看清楚了——打你的背,直到把扫帚打烂为止!你要知道,我不是跟你说着玩儿的,你以后要受的罪,恐怕你想象不到呢!"

在希尔达城的女人中还有第三种,她们对自己的丈夫软硬兼施,上午对他们很亲热,下午就破口大骂他们,威胁他们。这种手段也确实很灵验。

一个星期很快就过去了。咱们的爷爷们再次聚会的时候,他们纷纷赞成我的舅公向他们提出的建议。他们集体庄严宣誓:

"聚集在这里——希尔达城集市广场上的我们认识到,聪明是一大祸害,因此我们决定放弃这种聪明。所有的希尔达人,包括他们的孩子和孩子的孩子,从现在起都必须做傻瓜,言语像傻瓜,行为像傻瓜。出于对这座城市的热爱,我们自愿承担这种牺牲。我们用誓言表明我们的决心。我们对天发誓,将永远遵守这个誓言!"

从此时此刻起,这些曾经是那么聪明的希尔达人故意做了一件又一件傻事。咱们的爷爷们在做傻事方面一个比

一个强,一个比一个出格,一个比一个蠢。

  他们所做的一切真是令人啼笑皆非!但是这些傻事我就不在这里说了,现在我只想讲一讲"咱们"自己。

不愿意当傻瓜的市民

咱们这些孙子和曾孙们注定从小就要当傻瓜,但是对扮演傻瓜的角色咱们感到挺别扭。咱们这座城市在周围地区落得了一个坏名声,而咱们这座城市的居民们,在所有人的心目中是一群真正的傻瓜。这使我们感到非常痛苦,我们试图挽回名声,还其本来面目。

当时希尔达城的市长是萨穆埃尔·黑歇尔曼先生,他以制绳为业——恕我谦虚地说明一下,他是我的岳父。他是一位视城市的幸福高于一切的诚实正派人。

有一天,他把我们召集到一起说:"你们大家知道,希尔达这座城市的名声受到了严重的损害,因为我们必须在别人面前掩盖我们从父辈及祖父辈继承下来的聪明才智。我问你们,邻居们和朋友们,这种状态是否要继续保持下去?"

"不要!"我的妹夫——屠宰工人卡尔布费尔用坚定的声音大声说。

"不要!"我和所有其他聚集在集市广场上的人一样也大声回答。

"我就知道。"我岳父说着,得意地摸了摸自己的胡子。

"但是,我们能做什么呢?"铁匠问。

"红色的熊"酒店的老板紧接着说:"那就请您坦诚地告诉我们吧!"

"我们能做什么呢?"我岳父重复了这个问题,接着说道,"我们不能再继续扮演小丑的角色了!我们不能再干从我们的爷爷们开始不得不干的傻事了。从此我们不必掩饰我们的真实本性,让聪明活起来!这就是我们能做的一切!"

"让聪明活起来!"我的表兄——住在针耳巷的裁缝西本克斯为此叹息着说,"如何做到这一点?"

"这个问题提得太傻了!"我岳父回答道,"我们进行表决!"

"对!"我的教父——木匠克瓦斯特大声说,"我们进行表决,并且立即进行!赞成的请举起右手!"

我举起了双手。

其他人都像我一样举双手表示赞成,没有一个人反对。

"我感谢你们!"我岳父激动地说,"从现在起,我们不再是人们所说的傻瓜了。希尔达城的好名声又恢复了。现在我们要让全世界都知道这件事!"

怎么个做法呢?

我当即自告奋勇地要给我们邻近的城市和村庄写信,信的内容大致如下:

我们希尔达人特此奉告你们,从今天开始我们又聪明起来了,郑重地请求你们非常非常认真地记住这件事。

但是,我的妹夫——目不识丁的屠宰工人卡尔布费尔却表示反对。他说他瞧不起这样的信。

"我们要用实际行动来证明我们恢复了聪明!"卡尔布费尔说道,"例如我们改建教堂,或者筑一道城墙!我们所做的一切要立竿见影,要认真地干,脚踏实地地干,要使来我们这座城市观光的陌生人一眼就能看到!"

"为什么我们要改建教堂呢?"我的伯父——面包师绍尔布罗特问道,"如果我们要建,就要建一座雄伟而独特的市政厅!"

建一座市政厅!

直到现在我们始终在露天广场开会讨论,一旦遇上冬天或雨天,就只能在"红色的熊"酒店里进行,因此我们立即赞同我伯父的计划。

只有一个人,那就是酒店老板,由于可以理解的原因表示反对。但是他的提议被否决了。

"那就说定啦!"我岳父说,"我们建一座市政厅,让每一个到希尔达城来的人一看见这座市政厅,就应该认识到,我们希尔达人是非常聪明能干的!"

空前绝后的设计图

伟大的计划通常只有经过酝酿才能成熟起来。但是在目前这种情况下我们不想失去时间,只想抓紧分分秒秒,于是我们就急匆匆地跑回家里,拿着铲子和锄头,还有手推车,又匆匆地赶回集市广场,想要立即动手开挖沟渠。这时我们才发现,我们还没有建筑图纸呢!

希尔达城虽然有铁匠、木匠和别的手艺人,但是没有建筑师,我们必须设法到别的地方搞到建筑图纸。

"我们最好派两个人到首都去。"我岳父说,"在首都,他们肯定能找到人为我们设计符合希尔达城需要的市政厅。我们的市政厅必须不同于其他地方的市政厅,要比它们更漂亮,但必须少花钱。"

最后选了我和我的教父——木匠克瓦斯特,第二天我们两人就骑马到首都去了。

"我能为你们设计一座市政厅,并且不同于其他市政厅,会比它们更漂亮。"我们拜访的第一个建筑师解释道,"但是请你们注意,建这样的市政厅是不会便宜的。"接着他报了一个价,我们听到这个价位,两腿就瑟瑟地抖起来。

于是我们又登门拜访了第二个建筑师,他也不是我们的合适人选。

"如果你们想花少量的钱造一座市政厅的话,我乐意为你们绘制一张图纸。"他说,"不过,这座市政厅肯定和数千座别的市政厅一样很普通很一般,这你们可别见怪。"

我们不愿意没有完成任务就回到希尔达城去,因此我们接着又拜访了十几个建筑师,可是他们都令我们十分失望。

"要么便宜,"他们说,"要么造价很高,没有中间的价位。"

我们拜访的最后一个建筑师回答有些独特。他年轻,头脑灵活。

"这个任务令我怦然心动。"我们讲了自己的愿望以后,他大声说,"这个任务与众不同!你们愿为建筑图纸花多少钱?"

"十五个金币。"木匠克瓦斯特说。

"你们给我三十个金币!后天你们就可以拿到图纸了。"

"二十个。"我说。

"二十五个。"他讨价还价说。

"那么好吧!"我的教父大声说,"我们可不是吝啬鬼!二十三个——就这么说定了!"

事情就这么定了。

两天以后,建筑图纸画好了。

那是一张多么了不起的建筑图纸呀!

"正如你们所看到的那样,希尔达城的市政厅将是三角形的。"建筑师说,"就是说,这是一座不同寻常的市政厅。一般的市政厅大都是四边形的。此外,建这么一座市政厅也不贵。如果你们自己建造,而不雇用工人的话,那就更加便宜。你们对设计满意吗?"

"满意!"我与我的教父齐声说,因为我们对这张图纸实在是非常喜欢。一座三角形的市政厅——哪里还有这样的市政厅?全世界独一无二!

我们衷心感谢这位聪明能干的建筑师,付给他约定的酬金,然后我的教父把图纸藏在怀里。艰巨的任务完成得很出色,我们兴高采烈地骑着马走在回家的路上。

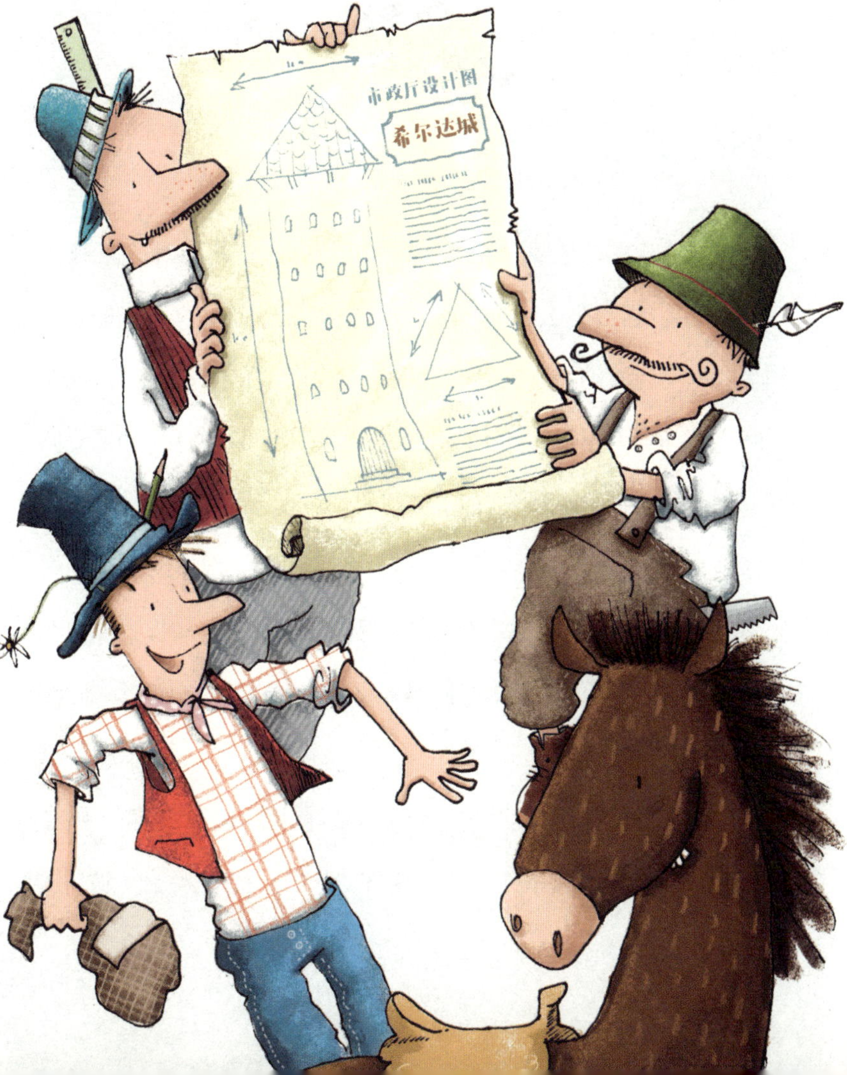

市政厅设计图
希尔达城

为了面子,一切在所不惜

请允许我在这里插一段路上的历险记。它证明,如果自己故乡的名誉受到威胁,那么一个真正的希尔达人是会拼命保卫它的。我和我的教父克瓦斯特在回希尔达城的路上所遇到的事,酒店老板、铁匠或者任何一个希尔达人都可能会遇上。我可以担保,如果他们处于我们的境地,也决不会袖手旁观的。

希尔达城的邻城叫克雷温克尔。我们和那个地方的居民之间虽然没有敌意,但相处也并不和睦。克雷温克尔人喜欢挑我们的毛病,因此我们必须经常提防他们损害我们的名誉。他们的奸诈闻所未闻。

在回家的路上,我们要用一个小时的时间穿越深山老林。路右边的森林属于我们希尔达城,路左边的森林属于克雷温克尔城。

我们走过了大约半个森林的时候,我的教父克瓦斯特问道:"你听到杜鹃的叫声了吗?"

"听到了。"我说。

"它是不是叫得很美很响?"克瓦斯特说,"多么好听的声音!我们从它的啼叫声就可以断定,那是我们的杜鹃!"

"你怎么知道?"我问道。

教父告诉我:"因为杜鹃的叫声是从右边发出的。这必定是一只希尔达城的杜鹃,克雷温克尔城杜鹃的啼叫声轻多了,不及这一只叫声的一半响。"

"尤其是叫得不怎么好听。"我还补充道。然后我们屏息静听杜鹃欢叫。

上天似乎有意作弄人似的,第二只杜鹃突然从左边啼叫起来,那是一只克雷温克尔城的杜鹃。它的叫声令我们目瞪口呆,因为这家伙的叫声更响,盖过了希尔达城的杜鹃!

我和我的教父不约而同地看了对方一眼,目光的传递已使我们完全明白了彼此的想法。

"希尔达城的荣誉遭到了威胁!"教父大声说,"我们决不允许

希尔达城的杜鹃输给克雷温克尔城的杜鹃！它需要帮助！"

我们立即从坐骑上跳下来，教父把缰绳抛给我，吩咐道："你先把这两匹马拴好，然后跟我来！"

克瓦斯特一转眼就爬上了身旁的一棵栎树。一爬到上面，他就放开喉咙大叫起来："咕咕！咕咕！"

我拴好马也跟着上了树，我们两人学着杜鹃叫了起来。在这期间，克雷温克尔城的杜鹃也在不停地啼叫。

我和我的教父对这只厚颜无耻的鸟非常气愤，不断地学杜鹃的啼叫。不知不觉半个小时过去了。突然，下面的两匹马发出了声嘶力竭的叫声。我看见我的那匹棕色马挣脱了缰绳，狂奔而去。我的教父克瓦斯特的那匹栗色马浑身是血，惨叫着在地上打滚儿。一只狼在撕咬着它的脖子！这令我毛骨悚然。

"克瓦斯特教父！"我惊叫起来，"别再叫了！狼！有狼呀！"

"闭嘴！"教父大声斥责我。

"你的马怎么办？"

"顾不得啦！"教父低声吼道，"希尔达城的荣誉比马更重要！咕咕！"

由于对咱们这座城市的热爱，我们只好眼睁睁地看着那匹心爱的马被狼咬死。

克雷温克尔城的杜鹃一直啼叫不停，在接下来的半个小时里我们齐声高叫，成功地把它赶走了。杜鹃的叫声消失了。我们怀着胜利的喜悦从树上爬下来。其间狼也饱餐一顿溜走了。

"可怜的马！"克瓦斯特向着马的遗骸悲痛地说，"我多么想救你，

但是不行呀!"

我们拾起了马鞍、几根皮带以及别的一些东西,然后就急急忙忙朝希尔达城走去。

那匹聪明的棕色马脱缰后自己找到了路,早就回到了希尔达城,它浑身的汗水以及声嘶力竭的叫声,使乡亲们预感到我们遇到了麻烦。

"天哪!你们究竟发生了什么事?"他们用这句话来迎接我和克瓦斯特教父。

我们得意地报告了两人在森林里遇到的事。我们讲完这一段冒险的经历后,我岳父竖起了大拇指。

"勇敢!真勇敢!你们用大嗓门儿击退了杜鹃,守护了我们的荣誉,我代表全城居民衷心感谢你们!至于你的栗色马,"他转过身来朝着我的教父克瓦斯特说,"我们理所当然会从市里的库银中拨款赔偿你。不过,我现在想问的是,有关建筑图纸的事到底办得怎么样。"

建筑图纸得到了大家的一致好评,甚至连酒店老板的话中也洋溢着赞美之词。"真了不起!"他说,"对于像这样一座三角形的市政厅,无论如何没什么可挑剔的。"

第二天一早,我们就开始了建造市政厅的准备工作。

我们标出了建筑工地的范围,接着把所需的一切工具和物资都带来了:砖块、梯子、砂浆箱、提桶、镘、屋顶木瓦、粗沙和细沙,几车生石灰以及许许多多别的东西。

万事皆备,只缺建筑木材了。

跟木头较劲

我们到本城的森林里去取建筑木材。在希尔达山一侧的山谷里,我们辛辛苦苦地砍伐了整整一个星期,然后再想方设法把木材运到希尔达城去。

"要是这座山再矮些就好了!"我亲爱的表兄——针耳巷的裁缝西本克斯说道。

"山不会因为你的悲叹而变矮,"铁匠说,"更不会因为咒骂而变成平地。我们也不能用弯弓把木材射到城里去。但是我们不必因此而丧失信心!"

根据他的建议,我们拿来了绳索和撬棍,艰难地把木头一根一根地往山上拖、拉、推。到了山顶以后,我们休息了一会儿,然后在山的另一侧同样艰难地把木头拖下山去。

毫无疑问,这是非常艰辛的劳动,如果说我们在砍树的时候只是流了一点儿汗,那么现在才称得上是真正的汗流浃背。

最后轮到那根最粗最重的木头了。

我们好不容易把这根笨重的木头弄到了山顶上。但是正当我们想把它拉下山去的时候,没想到绳索突然断了。

木头竟然自己动了起来,轰隆隆地滚下山坡,而且完好无损地到达了位于山下的其他木材旁边。

"竟有这等好事?!"我岳父上气不接下气地骂道,"如果木头自己能下山,还要我们为这些该死的木头花这么大的力气干什么!要是我们早知道木头自己能走该有多好呀!"

"你是说,一根木头能走的话,其他的木头也能走?"酒店老板问道。

"对!"我岳父大声说,"我们也不是傻子!我们必须对这些懒家伙进行报复!动手吧!"

我们朝着手掌心吐了口唾沫,又辛辛苦苦地把山下的木头一根一根地往山上拖、拉、推——唯独没有动自己滚下来的那一根。"这一根我们让它躺在这里。"我岳父说,"它可是很老实规矩的呀!"

傻瓜城
Bei uns in Schilda

这一次把木头弄上山去特别费劲,因为向城的这一侧山坡比另一侧更陡。正如你们可以想象的那样,我们拖得累死累活,但是我们决不松劲。我们喘息,呻吟,气喘吁吁,上气不接下气,直到我们用尽力气把最后一根木头也拖到山顶上为止。

"我们成功了！"我岳父高举手臂走到木头跟前庄严宣告。

"你们看到了！"他大声说，"我们希尔达人是不会轻易上当受骗的！你们想让我们白费力气干苦活儿，这样的阴谋是不会得逞的。你们自己费劲滚吧，懒家伙们！"

傻瓜城
Bei uns in Schilda

我们朝每根木头都狠狠地踢了一脚。

没有人动一根手指,木头就乖乖地滚下了山。这使得我们希尔达人着实高兴了一番。

这时,我们当中有个人得意忘形地说:"我们实在太高明了!"

伸手不见五指的市政厅

我们就像熟练的泥水匠和木匠那样,自己动手建造市政厅。所有的市民都愿意一起参加劳动,没有一个人愿意在勤劳和毅力方面落后于他亲爱的邻居们,因此我们的建筑进程比预料的要快得多。从挖起第一铲土开始到最后那一记锤击,我们只用了四个星期又十三天,所有的星期天也包括在内。

我们的劳动热情十分高涨,在建造期间我们无暇顾及建筑图纸。为什么呢?我们把建筑图纸藏到了一只空石灰桶的下面,仅凭我们自己的记忆来建造市政厅。

市政厅建成以后,正当我们想要隆重地庆祝落成典礼时,却经历了一次始料未及的难堪。

这天,我们希尔达城的男人们全都聚集在建筑工地上,每个人

都衣冠楚楚。在紧闭着的市政厅大门的上方挂着一块用鲜花装饰的牌子，上面写着"欢迎"二字。牌子上的字是我写的。

市长先生致贺词。

可惜我把贺词的原文给忘了。有一点我没忘：贺词优美、响亮，值得把它记下来。

"从现在起，尊敬的市民们！"——贺词大概是这样的——"我们的双脚就要跨进这个伟大的门槛，我们要记住这个庄严的时刻并理解这一时刻的伟大意义。希尔达城的市政厅永远闪耀着智慧的光芒，就像今天这样辉煌和明亮！这就是我的祝愿和希望。"

"万岁！"所有人都挥动着礼帽高呼起来。接着，铁匠师傅走向市政厅大门，从裤袋里取出一把很重的钥匙，把大门打开了。

我们如潮水般拥了进去！

我们一进入大厅，身后的门就砰的一声被风关上了。哎呀！欢呼声一下子就消失了，我亲爱的表兄西本克斯吓得大声说道："我的眼睛怎么了！我什么东西都看不见呀！"

其他人也什么都看不见。市政厅内一片漆黑。我们发现，这里既没有智慧的光芒，也没有其他东西在闪烁。

"向后转！"市长先生大声命令道，"向后转，出去！"

我们在伸手不见五指的黑暗中四处奔跑,身上撞出了乌青,头上碰起了疙瘩。叫骂声此起彼伏:"哎呀,我的鼻子!""你最好别拉着我的耳朵!"有一个人对着我的左胫骨踢了一脚,痛得我眼前直冒金星。接着又不知是谁掐住了我的脖子,使我透不过气来。我也毫不客气地向这个粗暴无礼的家伙送去了一脚。也许我那一脚踢错了人。不管怎样,市政厅内是一片令人难以置信的混乱。

总算有人把门推开了!我们讨厌这什么也看不见的黑暗,蜂拥着来到门外。

天哪,我们是怎样的一副狼狈相!

铁匠流着鼻血,市长先生的眼睛又青又肿,酒店老板一瘸一拐,屠宰工人卡尔布费尔少了一颗门牙……呻吟声、怒骂声响彻云霄。

"救命!"裁缝西本克斯撕心裂肺地大喊大叫,"救命!我好命苦,我眼睛瞎了!我什么也看不见!你们快来救救我呀!"

我们帮助他,因为这并不困难。

在混战中,有人朝他的帽子打了一拳,帽子便滑到了裁缝的额头上,遮住了他的双眼。

我干脆把帽子从他的脑袋上扯了下来。

傻瓜城
Bei uns in Schilda

"谢天谢地!"我亲爱的表兄大声说道,"我又重见光明了!"

我们为他欢呼。然后我们转到了更为严肃的事情上。

是什么原因使得我们这座举世无双的市政厅内一片漆黑?我

们思考着。

肯定是建筑方案有问题,在忙乱中我们一定忽视了什么。那么问题究竟出在哪里呢?我们怎么找也找不出来。

"你们把建筑图纸拿来!"市长先生终于开口说道,"我们把它藏在那只空石灰桶的下面,它肯定不会丢的!"

建筑图纸确实还放在那里。当我们从桶底下把图纸拿出来时,它已经被石灰腐蚀成碎片了。

"你们别难过了!"我妹夫卡尔布费尔安慰道,"我们不要这张无用的图纸了!没有它,我们照样能给市政厅带来光明。难道我们不是聪明绝顶的希尔达人吗?"

香肠蒸锅的妙用

三天！只需三天！

我们坚信，三天过后，市政厅便会由黑暗变成光明。但是到了第四天，我们的市政厅内仍然黑暗如初。

"这事发生得有点儿离奇！"我亲爱的表兄西本克斯说道，"这幢房子一定是中了邪了！"

"我们不该往坏的方面想，"市长先生不同意这种观点，"难道不会有别的原因吗？"

"有——但究竟会是什么原因呢？"我的伯父绍尔布罗特问道。

"要是我已经知道原因该有多好！"市长先生叹息道，"让我们平心静气地考虑考虑吧！"

我们讨论来讨论去,考虑了这个方面,又探讨了那个方面,为此花费了不少时间。

后来,我妹夫卡尔布费尔要求发言。

"亲爱的市民们!"他说,"让我们拿希尔达城的市政厅与我的香肠蒸锅比较一下吧!当我早晨走进厨房时,我的香肠蒸锅是空的,市政厅也像早晨的香肠蒸锅一样是空的。香肠蒸锅内没有水,市政厅内没有光明……你们听懂了吗?"

"是的,听懂了!"市长先生代表大家大声说,"你继续讲吧!"

"如果我想把香肠蒸锅装满水,"我妹夫说,"那么我得跑到井边去打水,然后把打来的水倒入蒸锅。如此往返三四次以后,香肠蒸锅就装满了水。你们明白我的意思吗?"

"关于香肠蒸锅,我全都明白。"我的伯父绍尔布罗特说,"我只是在想,你的蒸锅与我们的市政厅有什么关系?"

"别急,请你耐心听下去!"我的妹夫温和地说,"正如我用水装满蒸锅一样,我们也能够并且应该用阳光充满市政厅。我觉得没有什么事情比这更容易了!今天中午,当外面的阳光最灿烂的时候,让我们所有的希尔达人用篮子、锅子、罐子和提桶盛满阳光……"

"真的吗?"市长先生打断他的话问道,"然后怎么办呢?"

"然后我们就把阳光带进市政厅,倾倒在里面——这样不停地干,直到市政厅的各处都装满阳光,并且再也装不进去为止!"

我们大叫起来:"是呀,你说得对!我们干吧!我们要让希尔达城的市政厅充满阳光,一直到阳光溢出来为止!"

搬运阳光

当天中午,万里晴空,阳光灿烂。吃过中饭以后,我们立刻带着篮子、罐子和锅子到集市广场上去。我的教父推来了一辆手推车,还有几个市民带来了空桶。我的伯父绍尔布罗特带来的是木质和面桶,我妹夫拿来的是那只很大的香肠蒸锅。几个特别聪明的人,其中有我和我的表兄西本克斯,为了能把阳光更好地装到容器里去,还特地拿来了铲子和干草杈。

此时,希尔达城的集市广场上呈现出一派繁忙的景象。一些人把阳光铲到篮子和锅子里去,另一些人把阳光一桶一桶地运到市政厅里去。我的教父忙着推手推车,我妹夫被那只笨重的香肠蒸锅压得喘不过气来,我的伯父则大声为大家鼓劲:

"你们只管把阳光往我的和面桶里装!你们难道没有看到,桶

里还有足够的位置可以装阳光吗?"

我们发疯似的干了两个多小时,直到我们觉得干得差不多了,该休息一会儿了。这时,市长先生说:"我们是否应该检查一下,看看我们辛勤的劳动取得了什么成果。"

"好吧,我们检查一下!"大家齐声说着走进了市政厅。遗憾的是,市政厅里面仍然和先前一样漆黑一团。我们对此大为惊讶,因为在干活儿的时候,我们无暇顾及市政厅里面的情况。

"真该死!"我妹夫卡尔布费尔骂道,"难道阳光又跑掉了?这怎么可能?"

我表兄西本克斯说:"恐怕我们在这件事上的确不够聪明,不够谨慎。你们是不是也认为,最好我们能智取阳光,换句话说,我们必须捉住阳光!"

"捉住阳光?"铁匠和酒店老板齐声问道,"怎么个提法?"

傻瓜城

Bei uns in Schilda

"你们马上就会知道的！"我表兄说。

他跑回家去。当他回来时，只见他在手里摇晃着什么。是一个捕鼠器！他打开捕鼠器，放到地上，耐心地等待一缕阳光穿过捕鼠器的小门，接着啪的一声关上，带着捕捉到的阳光闪电般地冲进了市政厅。

市长先生说："老天爷做证，这位裁缝师傅真是一个机灵鬼！我们居然没有想到用捕鼠器来捕捉阳光！"

没多久就证实，用捕鼠器也无济于事。希尔达城的市政厅里依然一团漆黑。要不是我们偶然间遇到了一位大救星，毫无疑问，我们的市政厅里至今仍然一片黑暗。

走江湖的木匠

就在当晚,我们得到了突如其来的帮助。帮助我们的是一位漫游各地的木匠。他看到我们忧心忡忡地站在黑暗的市政厅前,问我们究竟发生了什么事。

我们边摆手边向他讲述我们的苦恼。"你倒说说看,难道没有希望改变这种漆黑一团的状况吗?"市长先生大声说道。

木匠围绕着市政厅走了一圈,从三面察看了这座市政厅,然后直截了当地问:

"尊敬的先生们,如果我帮你们摆脱困境,你们付给我多少钱?"

我们出价十五个金币,他要价二十个。

"就这个价!"市长先生说,"如果你能使我们的市政厅亮起

来——行！只是你得告诉我们,我们该怎么办！"

"首先,你们请我吃一顿晚餐,"木匠要求道,"还要提供夜间住宿的地方。今天已经很晚了,其他的明天再说！"

于是,我们把他带到酒店里,酒店老板给他烧了一桌可口的饭菜,饭钱由市里付。先后端上桌的有:豌豆汤加小块肥肉,一只炸鸡及炖甘蓝,此外还有酒,一盆杏仁姜汁糕点。

木匠不是一个讲究的吃客,他吃呀喝呀,直到吃饱喝足才停。然后他让酒店老板为他安排了一间上等的客房,像公爵一样睡在一张有床帷子的柔软的床上。

第二天早晨他起得很晚。

我们希尔达城的市民们早就聚集在酒店前面等着。"先让我吃早饭吧！"我们的客人隔着窗户大声说,"吃完早饭我就来！"

他用我们的钱舒舒服服地吃了甜豆浆、四个荷包蛋和七个蜂蜜面包,直到再也吃不下了,才向我们走来。市长先生对他说:

"谢天谢地,你终于来了！我们已经焦急得坐立不安了！"

我们一起向市政厅走去。到达市政厅以后,木匠摆出一副煞有介事的姿态宣布:

"亲爱的先生们,你们要想使希尔达城的市政厅明亮起来,就按我说的去办,把屋顶掀掉!这就是我的建议——你们现在就给我二十个金币吧!"

"钱肯定会给你的,"市长先生说,"但必须是在你的建议被证实以后。我们先把屋顶拆掉,看看这是否有效!如果有效,我们就给你钱;如果无效,我们就把钱留下……"

我们的市长不仅聪明,而且也是一位精明能干的商人!

我们拿来梯子等工具,把市政厅屋顶的木瓦全拆了下来。当我们干完这项工作以后,木匠说:

"你们现在相信这是有用的吧!"

我们走进了市政厅——里面一片光明!太阳通过屋架照了进来,阳光洒遍每个角落。

我们欢呼雀跃,手拉着手,围着木匠跳舞唱歌,并且向他高呼"万岁"。

"这是你应得的报酬!"市长先生说,"你以自己的智慧为我们做出了杰出的贡献。我们衷心感谢你!"

"出于感激之情,我想向你提个建议!"酒店老板说,"只要你喜欢,随时可以到我们这里来做客,过神仙般的日子!要不你就留在我们希尔达城吧!"

但是木匠拿到钱后,突然显出一副有急事的样子。他说:"你们的盛情邀请我无论如何也不能接受,我得继续赶路!再见,尊敬的先生们!"

我们祝他一路平安,送他上路。我们还不知道,这家伙急忙离开是有原因的。

我们为明亮的市政厅高兴了整整三天。第四天,天气变了,当我们刚刚坐在市政厅里商议事情的时候,开始下雨了。我们万分惊恐,急得头上直冒汗。

"这哪算是一座市政厅,雨居然落到里面来了。"市长先生说,"我们宁愿坐在黑暗中让身上保持干燥,也不愿看得见却挨雨淋!"

这也是我们大家的意见。于是,我们重新盖上了屋顶,不得不再次忍受希尔达城市政厅里面漆黑一团。我们彻底放弃了所有的希望,心灰意冷,咬紧牙关听凭命运的安排。

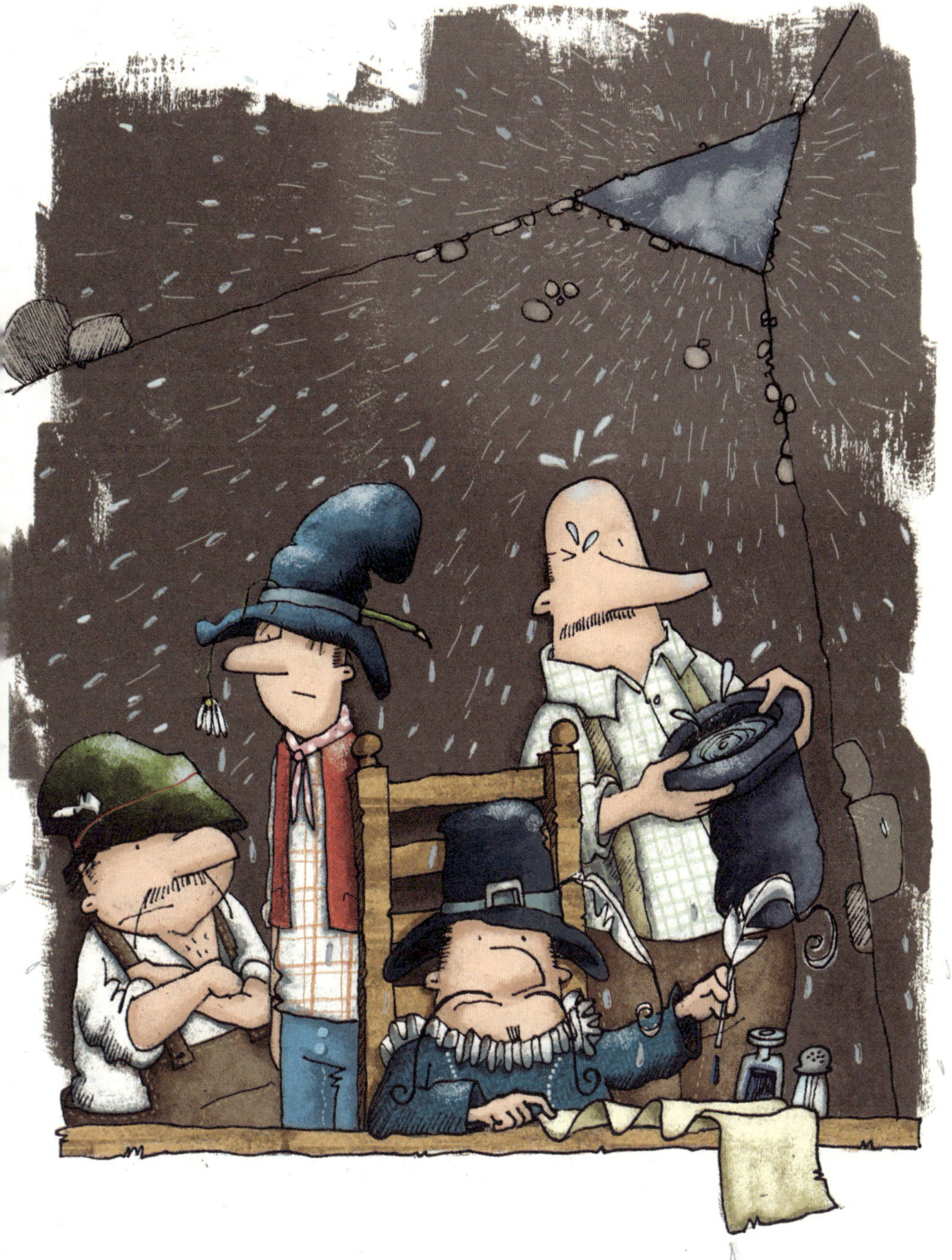

终于豁然开朗

谜底来得那么突然,那么出乎意料,因此我们如坠云里雾中。

如前所说,我们已经适应了黑暗。从此以后每次去市政厅议事,都带着蜡烛。作为该城的书记员,我必须把两只手空出来。为了不必把蜡烛拿在手里,我就把它粘在帽檐上面。这给我们的市民留下了非常深刻的印象,他们也把蜡烛粘在帽檐上。

"我认为,这不仅实用,"我岳父说,"而且看起来很庄严。"

事实上,如果我们大家都聚集在市政厅里,每个人帽檐上的蜡烛都被点亮,那我们就会呈现出一副神圣而高贵的样子。用我教父克瓦斯特的话说:看起来,智慧的光芒好像是从我们每个人的脑袋里放射出来似的。

关于市政厅里漆黑一团的问题,我们提得越来越少。最后,我们压根儿就不再去触及这个问题。

有一天,伟大的奇迹终于发生了。

我忘记了我们当时正在讨论什么,一定是件棘手的事情,因为会议开得很长,蜡烛越燃越短。由于疏忽,我妹夫卡尔布费尔的帽子烧了起来。

谢天谢地,我妹夫没有犹豫,把帽子扔在地上,用脚踩灭了帽子上的火。火虽然很快熄灭了,但是市政厅里弥漫着烟雾和焦煳味。我们的眼睛被熏得流了不少眼泪,我们咳嗽,甚至呛得喘不过气来,每个人都掩住了自己的鼻子。

"空气!"市长先生喘息着喊道,"空气!为什么没有人打开窗子?"

我马上站起来去开窗子。尽管我努力寻找,却怎么都找不到一扇窗子!我们这才注意到,市政厅是没有窗子的。

"什么?!"酒店老板大声说,"在匆忙的建设中,我们居然把安装窗子这件事给忘记了。"

"那还用说!"市长先生大声答道,尴尬地抓了抓自己的脑袋。他很快自我安慰地说:"我们建市政厅时没有看图纸,因此这种事情是可能发生的……无论如何,我们现在知道了问题的关键所在。

光线当然不会进入一间没有窗子的屋子——当然也不会进入希尔达城的市政厅!"

"那就把它拆掉!"铁匠说,"把它拆掉!建一座新的!"他是一个很果断的人。

市长先生叹了口气,又点了点头。我们其他人也都点了点头,只有木匠克瓦斯特反对这个建议。

"你们太傻了!"他大声说,"你们要拆掉这座美丽的市政厅?人们会讥笑你们的!"克瓦斯特拿来了凿子和榔头,在市政厅的墙上打了一个洞。奇迹,真是奇迹!我们看到了这个奇迹!光线穿过墙上的洞照进了市政厅,那就是阳光呀!

现在我们终于明白过来了,立即跑回家拿来工具,开始在墙上打洞——这是我们唯一要做的工作!敲碎砖头,灰沙飞舞!我们每个人都在墙上打出了一扇窗:有人打了一扇大窗,有人打了一扇小窗,窗的形状也不相同,有圆的、方的,或者拱形的,随每个人的喜好而定。

各式各样的窗子给希尔达城的市政厅增添了光彩。市政厅看起来比以前更美了,显然更加与众不同。最重要的是,我们终于发现了错误,并且纠正了这个错误。现在,任何时候我们都可以到这

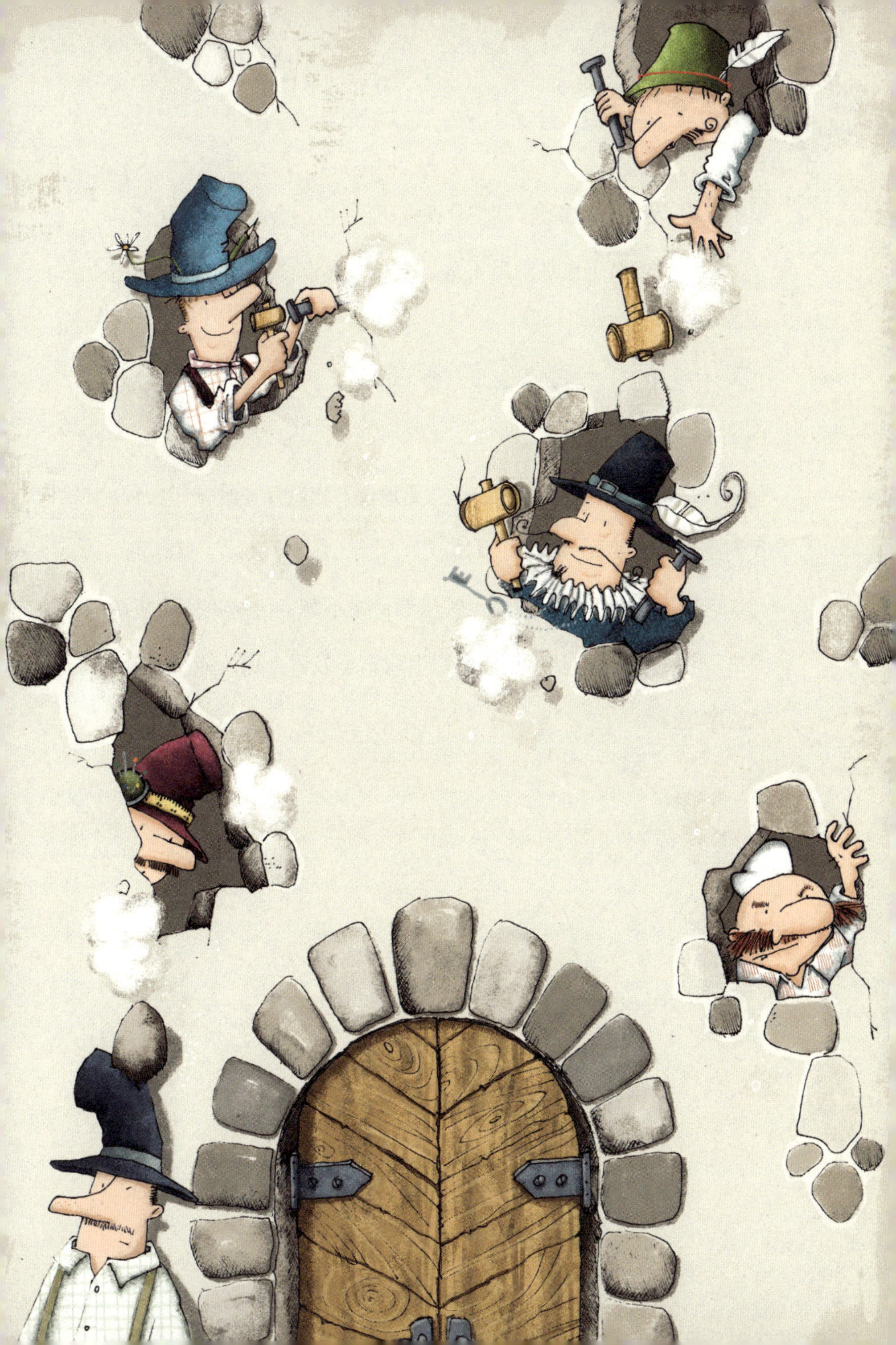

里来开会,不需要点蜡烛,即使外面在下雨,也不会被雨淋湿了。

就在我们装上窗玻璃后不久,市长先生说:"我们的市政厅还缺少一样东西。"

"什么东西?"我妹夫卡尔布费尔问。

市长先生指指屋顶。

"亲爱的市民们!"他严肃而郑重地说,"市政厅还缺一座大钟。我们无论如何要买一座!"

这样别致的一座市政厅大钟当然价格不菲,但是我岳父坚持要买。于是,我只得从市里的库银中取出了最后一点儿钱,来实现他的愿望。

刻舟求钟

市政厅的大钟是我们大家的骄傲,这不仅仅是因为它耗去了我们一大笔钱,而且它让人看到精美的造型,听到美妙的音乐。每一位到希尔达城来的外地游客都会欣赏咱们的市政厅大钟,并且赞叹不已。

遗憾的是,几个月后我们将要失去这件宝贵的东西。有一天,我们获悉不久就要打仗了。为此我们陷入了极度恐慌之中,男人们忙于埋藏现金,女人们急于藏匿首饰,孩子们也急着把玩具藏起来,决不能让任何值钱的东西落入敌人的手里。

"我们市政厅的大钟更不能落入敌人手中!"市长先生说,"一旦落入敌人手中,他们会用它来制造炮弹。我们必须采取措施防止敌人抢走大钟!但是把它藏在哪儿呢?"

有人说:"我们应该把大钟藏到森林里去。"也有人建议:"埋入地下!"

但是铁匠说:"最好的办法是,我们把它沉入希尔达湖湖底!只要城市还处在危险中,大钟就会在湖里受到很好的保护。我们可以静静地等待和平的到来,然后再把它取出来。"

我们大家都赞成铁匠的意见,把大钟从市政厅上面取下来,然后把它拉到湖边,装上船,拿起桨,划离湖边。我们越划越远,当我们到达湖中心水最深的地方时,铁匠和另外两个身强力壮的男人抓住大钟,准备把它抛入湖中。就在这关键的时刻,我的表兄西本克斯提醒说:

"慢!别做傻事!如果我们现在把大钟沉入希尔达湖湖底,那么你们以后如何才能找到它?"

"我也正为此担忧呢!"市长先生说,同时从自己的上衣口袋里拿出一把小刀。他把小刀在我表兄西本克斯的面前晃了一下,然后说:"我要用这把小刀,在钟沉下去的地方,也就是在船舷上刻上一道深深的痕迹。这就是我们的记号!有了这个记号,我们不怕以后

找不到抛钟的位置。这是最清楚不过的了。"

我的表兄也深信不疑,这样一来,事情就不会弄糟。市长先生在船舷上刻了一个记号。铁匠和另外两个人就在刻记号的地方把钟抛到水里。

傻瓜城
Bei uns in Schilda

大钟咕噜咕噜往下沉,掀起的波浪打到甲板上,我们被溅得浑身都是水。但是这有什么关系?这对我们来说无关紧要,因为我们知道,宝贵的大钟保住了,我们满意地划船回家。即使敌人已经来到了城边,我们的大钟也安然无恙。

在之后的几天里,我们密切关注敌人的动向,但是他们迟迟不来。我认为,敌人围着希尔达城绕了一个大圈子。我不知道,是什么使得他们如此谨慎。我觉得敌人可能知道我们希尔达人聪慧过人,因而行事格外小心。

不管怎样,战争的危险没有了,我们决定马上动手挖出埋藏在地下的金钱、首饰和玩具。

我们没有必要长期隐藏我们的大钟。我们让船浮出水面,再次向湖中心划去。过了不一会儿,我岳父就大声说:

"到了!收起桨!这里就是我们把大钟沉下去的地方。"

"什么?"我伯父绍尔布罗特反驳道,"就在这里?离岸这么近?"

我们其他人也表示怀疑。但是市长先生指着船舷上的刻痕,说:"你们看到刻痕了吗?"他继续说:"记号就在这里——因此大钟也就一定在这里!"

没有人提出异议。我们用几根长竹竿在水里探索。遗憾的是,在这个地方寻找显然是徒劳的。我们用竹竿只搅起了淤泥,没找到我们市政厅大钟的任何痕迹。

"这可奇怪了,"市长先生说,"刻痕难道自己移动位置了?"

我妹夫卡尔布费尔说:"或许是水流把大钟冲走了。"

"很有可能。"铁匠说。

我的教父克瓦斯特小声地问:"怎么办,亲爱的朋友们? 怎么办呢?"

这时真不知如何是好。

我们绝望地找遍了全湖,连续找了整整六天。到第七天,我们只好放弃,因为我们认识到,这样漫无目的地寻找实在是毫无意义。

我岳父不无遗憾地说:"你们看到了,与命运抗争,即使再聪明、再谨慎也无济于事……"

他边说边若有所思地抚摸着船舷上的刻痕。

勇斗湖中怪兽

命运残酷地捉弄了我们希尔达城的市民。我们在愤懑中失去了理智,不由自主地痴迷上了残酷。回想起来,至今还令我羞愧脸红。

我们认识到,用这样的方法寻找我们的市政厅大钟是徒劳的。我们灰心丧气地坐在或站立在湖畔,闷闷不乐。这时我亲爱的表兄西本克斯忽然说:"你们快来看呀,那儿有一只罕见的动物爬过来了!"

我们从未见过这样的动物。它看起来像一只鹿角甲虫,因为在其头部有两只强壮的夹钳,也有六条腿,但它绝对比一只甲虫大得多。当我妹夫卡尔布费尔用脚轻轻踢它时,它突然倒退离去!现在我还能清楚地回忆起这只动物的模样,为使你们能更好地明白我说的是什么东西,我想在这里把当时的情景真实地描述出来。

"天哪!"我伯父绍尔布罗特笑着大声说,"这怪物的样子很是滑稽,我要把它带回家养着,给我的孩子们看。他们一定会很高兴的。"

他弯下腰,伸手去抓这只怪物。就在这时,他突然号叫起来,紧接着他转着圈跳来跳去,发疯一样甩着手臂。

大家都吓得逃开,因为看到了可怕的一幕:这只恶魔般的巨型甲虫,用它的钳子夹住了我伯父的大拇指,身子挂在空中,痛得他哇哇乱叫。

绍尔布罗特呼天喊地地哀叫着。

我和其他人很想帮助他,但我们不知该如何帮他。我伯父终于成功地甩掉了这只有双钳的动物,远远地把它扔了出去——它刚巧落在我们先前划到岸边的船里。

这纯属偶然。正是这种偶然给这只动物带来了灾难。它被困在船里,因为船舷又高又陡,它再也逃不出我们的手掌了。

"这该死的巨型甲虫!"我可怜的伯父骂道,"它把我钳得好痛!"

我们大家清楚地看到,他的大拇指在滴血,而且肿得很厉害。

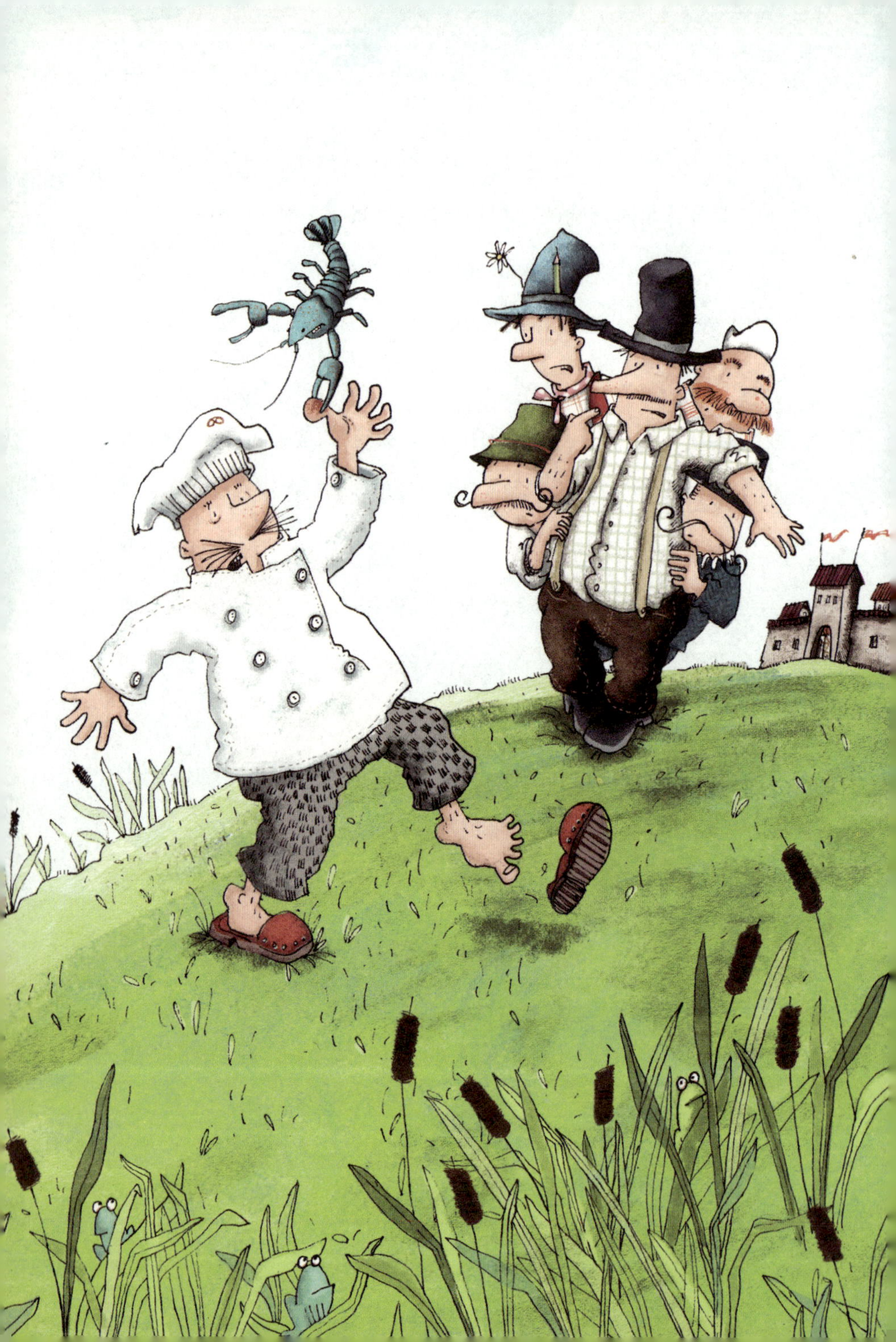

绍尔布罗特把大拇指塞进嘴里,接着嘟囔着说了一句话,谁也没听清。

"什么?"我岳父问。

绍尔布罗特重复了一遍,比第一次响,但还是含糊得一个字也听不清。

"要是你不把大拇指从嘴里拿出来,我们就听不懂你在说些什么!"酒店老板忍不住大声说道。

我伯父终于从嘴里抽出了大拇指,又说了第三遍,这次总算听明白了。

"这畜生必须受到惩罚!"

"对!这是合情合理的。"我岳父说。

"我们要惩罚它。谁残忍地攻击希尔达城的市民,谁就必须受到惩罚。"

"严厉惩罚!"我补充道。

"非常严厉!"我妹夫卡尔布费尔要求道,"最最严厉的惩罚!"

在通常情况下,我们的行为不会像当时那样残酷。由于寻找市政厅的大钟失败,我们积聚在胸中的怒火,一股脑儿发泄在了这只有钳子的怪物身上。

所有能想出来的惩罚我们都提到了。后来,我伯父说出了一种极其残酷的方法。

"淹死!"

"对!"我妹夫卡尔布费尔说,"这是迄今为止最为痛苦的惩罚!"

在场的人都支持绍尔布罗特。

我深感后悔地承认,对这一严厉的判决我也有责任。我岳父抓起一根细芦秆,把它折断,庄严地宣布:"在此对罪犯判处死刑!立即执行!让正义行使权力吧!"

铁匠拿起两根棒子,夹住了这只恶兽。我们上了船离岸很远才执行死刑。我岳父亲自下达命令,铁匠把这个可怜而又可恨的罪犯扔到了水里。我们扒在船舷上,久久地看着它。

多么可怕的场面!

长有一对大钳的怪兽在水中乱蹦乱跳,翻转身子扭曲肢体,在痛苦中死亡……

我们不忍再看下去,害怕得转过身。

"我很害怕!"我表兄西本克斯大声说,"我非常害怕!"

平时有点儿木讷的铁匠,也由于害怕和同情而浑身直打哆嗦。

"我不……不愿看到这……这个结局!真……真的,我不……

不想看到这……这个结局！"这是他能说出来的唯一一句话。

我伯父绍尔布罗特吮着手指。我岳父心不在焉地摸着自己的胡子。我的教父克瓦斯特呆呆地看着我们，他声音沙哑地说："我们虽然残酷地在这只怪物身上报了仇，但是大钟……市政厅的大钟是丢定了！"

种麦得麦,种盐得盐

需要是发明之母,并常常激励人们产生勇于尝试的念头。这点也在我们身上得到了体现。

我们珍贵的大钟仍然没有找到。如果想要有一座新钟,我们必须掏钱去买。但是在这生活艰难的年头儿里,我们去哪里弄这笔钱呢?

"因为钱不是随地可捡的,"市长先生说,"所以从现在开始,我们必须厉行节约。从今以后,我们每花一分钱都要掂三掂。这一点你们不会反对吧?问题是我们如何更好地实现这个想法。"

"对此我想马上说一件事,"酒店老板说,"长期以来,这件事使我伤透脑筋。简单地说,就是关于盐的问题。你们大家都知道,买一磅盐要花很多钱。这件事一直使我耿耿于怀。把盐运到我们城里来的那个货主因贩盐而发了大财——可是我们连买市政厅大钟的钱也没有。这怎么说得过去呢？"

"你说得对！"市长先生说，"盐价的确高得令我心疼。我只是担心，我们没有办法解决这个问题。我们可以不吃糖对付着过日子，但是没有盐就不行，你总不能要求我们长年喝无盐的汤，吃无盐的面包吧？更不要说喝无盐的燕麦粥了！"

"不！"酒店老板使足劲提高嗓音说话，因为从周围掀起了一股愤怒的浪潮。"不，我当然不要求这样做！我只要求，你们让我把话说完，亲爱的邻居们，仔细地听我把话说完！"

市长先生用拳头敲了敲桌子，再三要求我们安静下来。市政厅里终于又恢复了安静，酒店老板总算可以继续说话了。

"盐对于人是那么重要，"他说，"就像大粪对于土地一样重要。不会有人怀疑这一点吧？但我对我们必须买盐这件事表示怀疑！我们毕竟没有买燕麦、小麦和大麦呀！"

这是另一码事，我们认为。

"不！"酒店老板大声说道。

"我的意思则相反！"我妹夫卡尔布费尔反驳他，"我们吃的粮食是我们自己种的，但盐恰恰不是我们自己种的！"

"为什么不是呢?"酒店老板说,"因为我们从未尝试过种盐!如果在希尔达城的土地上能种粮食,那么也一定能种盐!真该死,我们必须自己种盐!"

"种盐?"市长先生擦擦鼻子重复了一遍,"就是说你认为……"

"对!"酒店老板大声说,"你听得很清楚!我们将来不必买盐了,盐我们自己种!还有,因为我们根本吃不完这么多的盐,我们可以用多余的盐去做买卖,使我们富起来!亲爱的市民们,富得我们不仅买得起一座市政厅的大钟,而且还买得起大钟的整套表演设备!"

我们热烈鼓掌。市长先生高兴得甚至流出了热泪，拥抱并感谢酒店老板。

　　因为我们急于要富起来，我们决定当天就把希尔达城里的盐通通收集起来作种子。每个人都自愿把家里的盐捐献出来。

　　虽然我们从此必须将就着吃无盐的食物，但是我们无怨无悔，一想到丰收以后的景象，我们就感到很满足。将来我们肯定能弥补因此而造成的一切损失！

驱赶牛群的妙招儿

自古以来，我们希尔达人就是能干的农民，这一次又得到了证实。

对于种盐，我们虽然完全没有经验，但是我们并没有被难住。

市长先生在城南有一块肥沃的土地，正在抛荒。他慷慨地把这块土地捐献出来供我们种盐。我们运去了大粪，彻底犁了一遍地，很仔细地用手指把土块捻碎。最后市长先生亲手把盐撒到地垄里，我们在一旁观看着。

我们怀着紧张又期待的心情度过了一天又一天。种子什么时候发芽？

一天，我们终于在农田里看到了新绿。我们非常高兴能迎来这第一批幼苗，酒店老板骄傲地说："你们看，田里长出来的盐苗是多么茂盛呀！"

但是，我们同时也看到另外一些东西——一些我们压根儿就没有种过的东西。

有几十只乌鸦、麻雀在地里跳来跳去，它们津津有味地啄食着盐苗。对此我们非常生气和痛心。

于是，我们毫不犹豫地用响亮的叫喊声来驱赶这些不速之客，甚至向它们抛石块。这一招暂时管用，但是我们认为效果并不令人满意。

"你们看，"市长先生严肃地说，"农田正在遭受威胁，我们必须保护农田，决不让这些贪得无厌、厚颜无耻的家伙们糟蹋，否则这群坏蛋会把农田吃光的！"

"就是说我们需要一个护田人，"我妹夫卡尔布费尔说，"他的任务是在这里驱赶鸟群。"

"对极了！"我伯父绍尔布罗特说，并建议我们轮流值班，抽签决定顺序。

我们抽了签，每天早晨都有一个市民在地里值班赶鸟群。他的武器是一根粗壮的棍子和一副弹弓，以此驱赶鸟群和野兔，因为野兔同样喜欢吃盐苗。

时间在飞逝,盐苗在长大。这些茁壮成长的盐植物已经长到了我们的小腿部。有一天,当我们的铁匠师傅在长着盐植物的农田里值班的时候,发生了这样一件事——

按规定,在天黑以前不允许护田人离开岗位,可是中午时分他却跑回城里大喊救命。我们听到他的呼救声就朝他跑去,由于匆忙,有的人顾不上换鞋就跑了出来,甚至有人只穿着睡衣短裤就一个劲往外跑。正在刮胡子的市长先生脸上满是肥皂泡沫。

铁匠师傅跑得上气不接下气,断断续续地讲述他遇到的事:一群奶牛在庄稼田里迷了路——这群没有理智的畜生正在吃着我们的盐植物呀!

市长先生抓住了铁匠师傅的肩膀训斥他:"你为什么不把它们赶走?这并不难呀!"

"叫我怎么办?"铁匠师傅说,"弹弓奈何不了它们。拿棍子痛打它们?不行!这样一来损失可就更大了!"

"为什么?"

"因为这群奶牛站在庄稼地的中间呀!要是我跑过去,就得踩坏一大批盐植物,损害我们的事业!"

我们不得不承认这位铁匠师傅是对的,甚至连市长先生也这么看。

"因为你不会飞行,"他说,"我们必须找到另外一种方法。要是我知道如何驱赶这群奶牛该有多好,而你的脚又不必踩在农田里……"

这是困难的。但是,这一次也没难倒我的教父克瓦斯特。他向我们讲明了自己的计划,我们这些聪明人马上就明白了他的意图,他真是绝顶聪明。

那我们该怎么办呢?

我们把市政厅的木门板从门框里卸下来,抬着它到长着盐植物的农田里去。我、我妹夫卡尔布费尔、木匠克瓦斯特和另外三个人像抬一顶轿子一样抬着门板——三个人在右边,三个人在左边。铁匠爬到门板上面,就这样,我们六个人把他抬到了奶牛还一直在吃盐植物的农田里。

赶牛的队伍来来回回,我们的铁匠挥舞着棍子向奶牛打去,吓得它们号叫着逃走了。但是铁匠没有踩坏一棵盐植物,因为我们六个人用门板抬着他。

"对呀,对呀。"与其他市民一起站在农田边上观看我们赶牛的市长先生说,"能干的农民在任何情况下都有办法摆脱困境。"

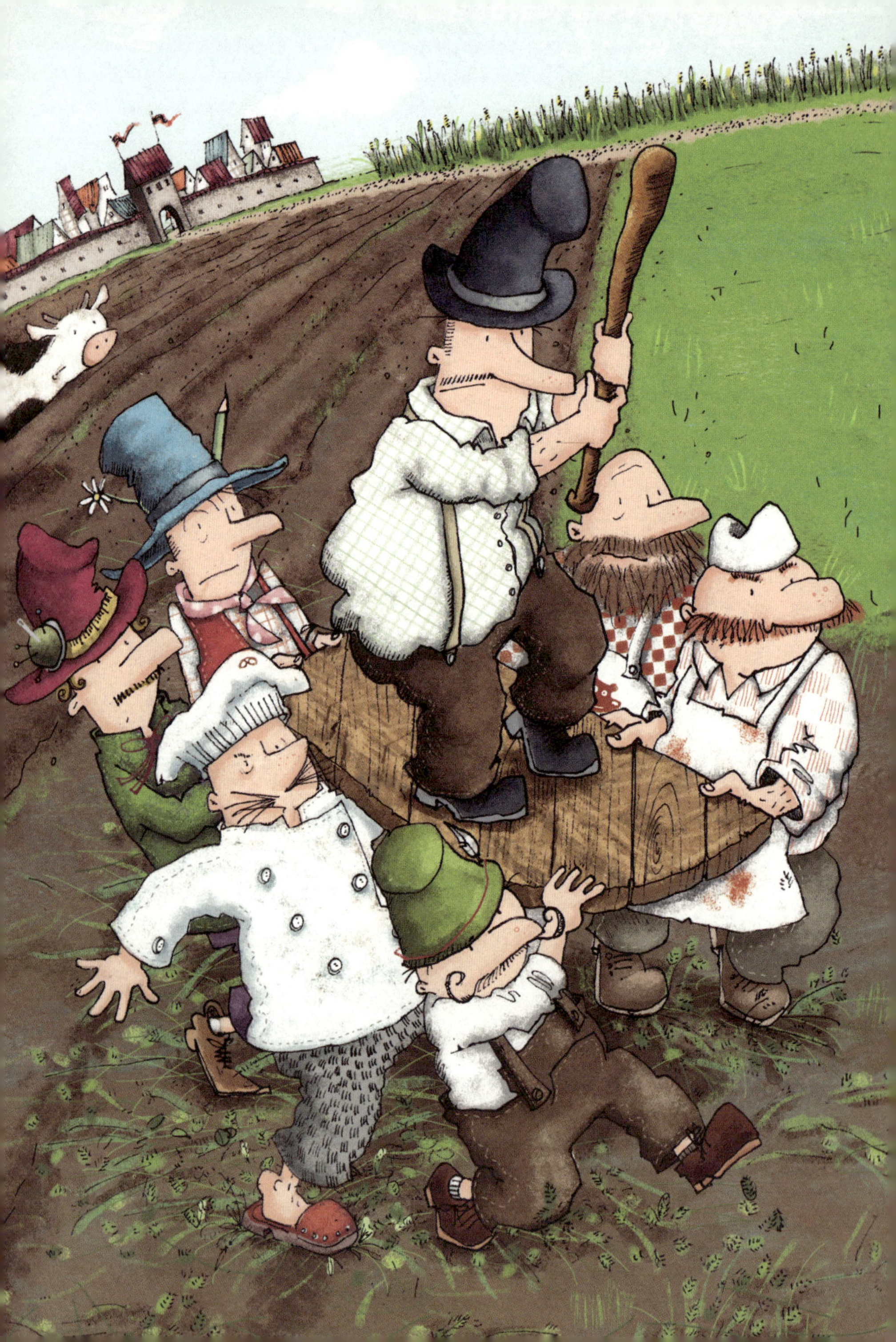

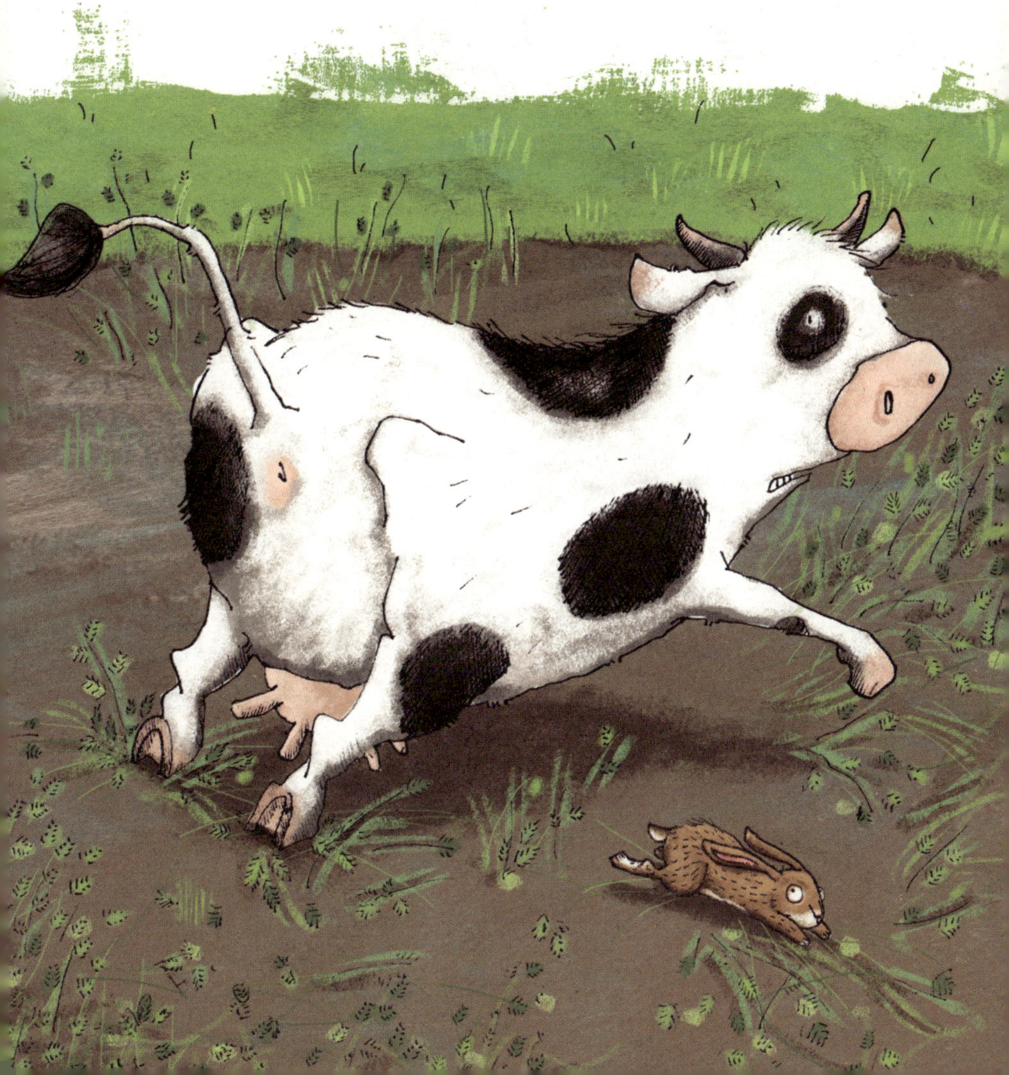

失望，太让人失望了

盐植物在我们的精心呵护下生长成熟起来。当它们长到与我们的腰一样高的时候，一夜之间竟长出了无数个罕见的荚形物。这些荚形物像绿莹莹的珍珠串一样，一簇簇地密密麻麻地挂在盐植物上。

这个消息使得整座希尔达城都沸腾起来，无论是大人还是孩子，都跑出来要亲眼看看这桩奇事。

酒店老板斩钉截铁地说："这是盐的果实，亲爱的市民们！这些细嫩的荚里有盐，正像小麦粒里有面粉一样。"

这时我伯父绍尔布罗特问，盐是否已经成熟，我们如何断定它肯定是盐。

"请你耐心等待!"市长先生说,"你马上就会看见盐的!"

为了检验,他伸手去折一棵盐植物,但是当他的指尖触到这根枝条时,他吓得往后退了一大步,并大声喊叫起来:"哎哟!"

"你出什么事了?"我亲爱的表兄西本克斯问道。

"啊呀!"市长先生痛得大叫,"我的手指被枝条刺伤了!这里——你们看我手指上的泡!"

我们感到非常惊讶,但对此无法理解。只有我的教父——聪明的木匠克瓦斯特这次又立刻明白了其中的奥妙。

"真麻烦!"他说,"如果枝条那么辣的话,盐也可能这样辣!因此我建议:我们尽可能早地开始收割!"

我们大家都想立刻跑回城里取镰刀,但是市长先生命令我们留下来。

"长盐的植物绝不能用镰刀割!"他说,"难道你们想冒险让宝贵的盐撒在地上吗?你们已经看到了,果实已熟过头了,因此我们必须小心侍候。让镰刀放在家里,你们去把剪刀拿来!我们只

能一根枝条一根枝条地剪下来!"

"难道光着手指吗?"我的表兄西本克斯问道。但是市长先生笑着说道:

"亲爱的朋友,手套是干什么用的?"

市长先生凭他的智慧弄到了一副手套,我们不甘落后,同样也都弄到了手套。我们每个人戴上手套,尽可能小心翼翼地使用剪刀。我们把长盐的植物一枝一枝剪下来,立刻把它们放在田埂上。我们早就在田埂上铺好了床单,以便把剪下来的枝条放在床单上。

这样的劳动是辛苦的,费时的,但是我们不知疲倦地劳动着,因为无盐的时代终于要结束了!我们边收割,边美滋滋地想象,这不由得唤起了我们的食欲。一想起腌黄瓜、椒盐脆饼、腌肉、腌猪油,我们就垂涎三尺。你要知道,我们已有很多个星期没有享用过这些美味了。

令我们惊讶的是,中午时分,在种盐的农田旁出现了好几个骑马的人,他们是几个身着衬衫、头戴金属头盔的陌生男人。其中有一人可能是他们的领队,为了与其他人有所区别,他穿着一件尖领天鹅绒背心,脖子上挂着一条金项链,头上戴着一顶羽毛帽。

我们后来才知道,这位先生职位很高。他骑着马朝我走来,问道:"你们在这里干什么?"

我回答说:"我们在收割长盐的植物。"

"长盐的植物?"这位陌生人好奇地重复了一遍。"是的,长盐的植物。"我说,并向他讲述了我们如何把盐粒撒到地垄里,如何保护盐苗不受鸟群、野兔和奶牛的糟蹋。

这位陌生人一边听我讲,一边摇着头。不待我讲完,他就哈哈大笑,笑得前俯后仰,直不起腰来。终于他止住笑说:

"长盐的植物?你们的眼睛长到哪里去了?"

我完全不明白他的话和他的笑。我说道:

"如果我们收割的不是长盐的植物,那么这又是什么呢?"

"这是荨麻!"他大声回答,"普普通通的荨麻!"所有在这块农田上劳动的人都闻声跑了过来,听我们的交谈。他们显得十分懊丧。

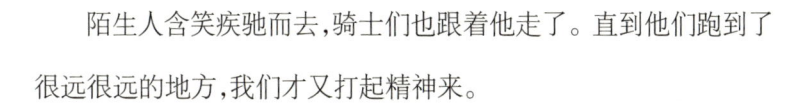

陌生人含笑疾驰而去,骑士们也跟着他走了。直到他们跑到了很远很远的地方,我们才又打起精神来。

酒店老板辩解道:"他说的纯属谎言!"市长先生却耸耸肩说:"我不知道,我不知道……"

我们绝大部分人都产生了怀疑。

可酒店老板就是不认输。"我会让你们知道，荨麻是什么样的！"他大声说，"在我家院子里篱笆旁长着好几株荨麻。我去拔几根来，好让你们知道这两者之间的区别！"

他拿来了荨麻。我们仔细地比较荨麻和长盐的植物，不能再否认，这个陌生人是对的。令我们痛心的是，我们的大胆尝试以失败告终！

我们不得不继续喝无盐的汤和无盐的粥。秋天，盐贩子又像往年一样来到希尔达城，我们这段糟糕的日子才宣告结束。

至于市长先生当着我们大家的面撒下的盐种子怎么会长出荨麻来，这一点我至今还闹不明白。

吊牛吃草

经受了这次巨大的打击,我们才真正感到要节约过日子了。我们详细讨论过该做些什么。我妹夫卡尔布费尔点子最多,思想最活跃。他说:"你们一定都知道,我们的城墙上长满了青草,尤其在北门一带长得特别茂盛,可惜那里的青草白长了。我们既然决心要节约过日子,就不能让那些鲜嫩的青草白白给浪费了。"

我们立马拿着镰刀和耙子来到北门。可惜城墙太高又不牢固,我们没人敢爬上去。

"我们得先搭一个支架!"我岳父说。

"又要花钱了!"酒店老板提出异议。他建议去拿一张弓来,把青草一棵一棵地射下来。

"你的建议不赖,"我妹夫卡尔布费尔说,"可是这样做太麻烦。

我们干脆把牛羊赶来，让它们把青草吃个精光！"

"让牛羊把青草吃个精光？"酒店老板瞪大眼睛问道，"这样的办法亏你想得出来！"

"我们去城里把那头最壮实的公牛牵来，"我妹夫说，"在它脖子上绑一根绳子，我们齐心协力拉绳子，把它拉到城墙上去。它在那里可以随心所欲地吃青草，吃得又肥又壮！"

"你好伟大！"市长先生赞赏地大声说，"这个公牛计划考虑得太周全了！唯一的缺陷是，这个计划不是我想出来的。尽管如此，我决不会阻碍你们去实施它。"

我们急匆匆赶回城里去牵那头最壮实的公牛，拿来我们费了好大劲才找到的最长最结实的绳索。把绳索的一头儿套在公牛的脖子上，把另一头儿抛过城墙。然后我们就跑到城墙的另一侧，开始用力拉绳索。

公牛很重，我们必须使很大的劲才能拉动它。过了一会儿，市长先生叫我到公牛那一侧去看一下，是否已经快把公牛拉到上面去了。

我绕过城墙看到这样一个场面：公牛已悬吊在半空中，长长的

舌头从它的嘴里伸了出来,但是离城墙顶端还有一大截。我就立刻跑回来大声说:

"你们再使劲拉,亲爱的市民们!我们的公牛已经嗅到草味了,它把舌头伸得长长的,可还是够不着那鲜嫩的青草!"

我们把吃奶的力气都使出来了,但还是没有丝毫进展,我们已经筋疲力尽了。市长先生认为,该休息一会儿了。

我们小心翼翼地把公牛放下来,想请女人们也来帮忙,把公牛拉到城墙顶上去。

但是没有下一次了。

因为我们的公牛死了!它躺在城墙另一侧的青草地里,伸直四肢,一动也不动!我们对此困惑不解。

市长先生说:"难道放下来时不小心摔断了脖子?"

"不大可能吧,"克瓦斯特反驳说,"它又不是摔下来的!"

没有人能够说清楚,为什么我们这头可怜的公牛会突然死去。我们大家伤心地站在公牛的尸体周围。这时我亲爱的表兄西本克斯安慰大家说:

"你们应该感到安慰!牛死总比我们当中某个人遇到不幸要好过一千倍,我认为,这是不幸中的万幸呀!"

"这倒一点儿也不假!"于是大家抛开悲哀,怀着对上苍的感激,心情又雀跃起来。

我们把死牛运回城里,在集市广场上把它插在铁叉上烤熟吃了。从那以后,我们再也没有去动过城墙上的青草。我们认为,节约也不能太过分了。

双手埋葬发家梦

不久,我和我妻子玛格丽特去农村走亲戚。告别时,亲戚们送我们一篮子鸡蛋,我们老老实实地收下了。在回家的路上,一想到玛格丽特将用这些鸡蛋烘制很多蛋糕,我就高兴得手舞足蹈。

我急着向她暗示,她却不让我把话说完,揶揄道:"鸡蛋糕?耶雷米亚斯,你打消这个念头吧!这么好的鸡蛋做蛋糕太可惜了!"

"那我们就做炒鸡蛋吧,"我建议道,"或者做荷包蛋!"

"不!"这一次她语气更坚决,或许和她姓黑歇尔曼有关,所以她处事总是那么果断,"这些鸡蛋我们不能吃,而是要拿到集市上去卖。这篮子里一共有六十个鸡蛋,我们可以卖个好价钱,用这笔钱我们可以买一只母鸡。"

"把母鸡宰掉烧汤喝!"我大声说。

"不行,得养着,"我妻子说,"它会下蛋。"

"它下的蛋我们总可以吃了吧?放在平底锅里煎该有多香呀!"我急着补充道。

玛格丽特摇了摇头,停住脚步,把盛满鸡蛋的篮子轻轻放到草地上。

"我们再把这些鸡蛋卖掉,"她说,"把卖鸡蛋所得的钱再去买母鸡——这样循环往复。等到我们鸡栏里有二三十只母鸡,我们就可以扩大饲养品种,比如鸭呀,鹅呀。这样一来,我们就有条件做圣诞鹅和鸭绒被的生意。我们用不了多少时间就能赚大钱,买上几只羊。有了羊就有了羊毛,我们同样可以把羊毛卖掉。你想想,我们越来越发达,小日子越过越好——有羊,有猪,还有牛。这样的日子简直比蜜还甜。不久我们就会比希尔达城里的任何人都富有,每个希尔达人都会清楚地看到这一点,每个人都会羡慕我们。"

"当然我们还得扩建房子,"我提出自己的意见,"否则这么多动物无处安身。"

"当然,那还用说!"我亲爱的妻子说,"我们还得雇用仆人。到那时我们成了富翁,可以大大方方地花几个钱了。"

"玛格丽特!"我激动地说,"感谢上天,让你做我的妻子!我太高兴了,我已经被你憧憬的未来弄得晕头转向了!请不要生我的气,现在我不得不坐一会儿……"

"坐吧!"她笑着说,"只是千万别坐到盛鸡蛋的篮子上!"

她也坐到草地上,盛鸡蛋的篮子就放在我们中间,我们美滋滋地谈论着发家致富的计划。玛格丽特沉醉在她未来买得起的美丽裙子和贵重的裘皮大衣之中。我则把自己看成是这座城市里最伟大的慈善家,我要从这么多钱里拿出一部分与其他人的捐资一起购买一座新大钟。

为了市政厅的大钟,我们做了不懈的努力,也经历了很多不幸,我叹了口气说:

"但愿命运不再伤害我们,亲爱的玛格丽特!"

她嘲笑我说:"这是什么意思?"

我说,我们要有思想准备。

"例如?"我妻子追问道。

"例如,"我说,"篮子里的鸡蛋可能已经变坏了。"

"这些鸡蛋是新鲜的。"

"你怎么知道呢?你能从蛋壳上判断出来吗?"

玛格丽特没有回答,随即伸手从篮子里拿出一个鸡蛋,把它打

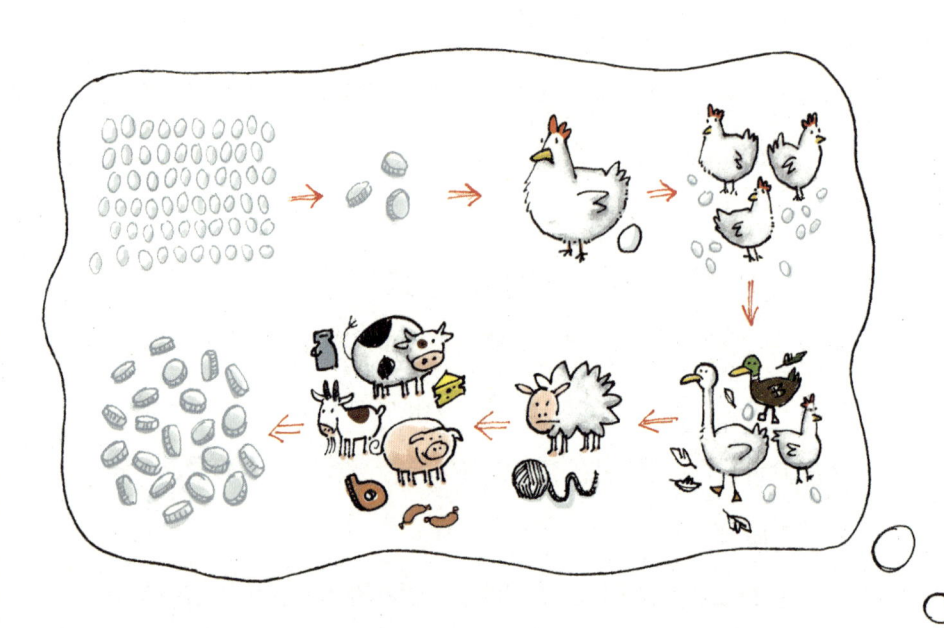

破了，让我嗅这个鸡蛋。

"这回你该相信了吧！"她大声说，"乡亲们怎么可能把坏鸡蛋送给我们！"

"玛格丽特，"我提出异议，"这个鸡蛋只不过是六十个鸡蛋中的一个，你能够保证其他五十九个鸡蛋每个都新鲜？"

她果断把所有鸡蛋都倒在草地上，然后我们把鸡蛋一个接一个地打破。每个鸡蛋我们都嗅过了，得到的结果是，其中只有一个鸡蛋是臭的。

"现在已经证实，鸡蛋是新鲜的。

你总算可以放心地去卖鸡蛋了。"我说,"我们这么聪明,谁也阻挡不了我们富起来!啊哈,我们要富起来了!"

我们把打碎的鸡蛋小心翼翼地放回篮子里,六十个鸡蛋无一遗漏,再用草把鸡蛋盖好,就急急忙忙往家赶。天已经黑了,我们必须小心提防被路上的石块绊倒。

回到家里，把灯点亮。这时我们才看清楚，我的新裤子从上到下都沾满了蛋液。玛格丽特的裙子和新围裙看起来也没比我好多少。

突然，一个可怕的念头向我们袭来。

我们掀开盛鸡蛋的篮子盖，老天呀！盖子下面尽是黏糊糊、湿漉漉的东西，那是一种由草茎、蛋壳、蛋白和蛋黄组成的混合物。

"啊呀，玛格丽特，玛格丽特！"我伤心地说，"恐怕我们又一次高兴得太早了！"

后来，我们只得把装有六十个鸡蛋残余物的篮子藏到某个隐蔽的地方，随之也埋葬了我们的发财梦。为了面子起见，我要对这个地点保密。

陛下即将巡幸

过了不久,皇帝陛下获悉,我们希尔达人又变得聪明了,他想认识并考验我们。于是他派了自己的传令官作为特使来到希尔达城,并让传令官向我们宣布:

"我的主人、我们仁慈的皇帝陛下,十四天后要来看望你们,但是他有两个条件。首先,你们要在城门前夹道欢迎他的到来,你们每个人只准半骑半行而来。其次,当他问候你们的时候,希尔达城的市长要致答词,皇帝的问候和市长的答词必须押韵。"

传令官没有把我们吓倒。我们问他,究竟是什么原因促使皇帝陛下要求我们做这么困难的事情。传令官耸了耸肩,回答道:

"有人对他说,你们非常聪明,也很有学问。如果你们能满足他提出的这两个条件,那么皇帝陛下就会相信你们的确是十分聪明

的人。要是你们完不成任务,那么他会知道你们是笨蛋,恰巧与他听说的相反。我的主人、我们仁慈的皇帝陛下将如何判断,完全取决于你们自己。"

说完,他就离我们而去。我们一直目送他离开。我们羡慕他,因为他不必像我们那样忧心忡忡。我们意识到,我们及我们城市的荣誉面临着一次严峻的考验。

这两个任务虽然很难,但是,我们集思广益,很快找到了完成第一个任务的办法。这个办法又是我的教父克瓦斯特首先想出来的。他向我们建议如何半骑半行去迎接皇

帝,恕我以后再详细介绍。

有人认为,第二个任务比较容易完成。实际上正是这个任务令我们大家非常苦恼。我的岳父大人对此负有不可推卸的责任。因为他坚持自己的意见而且决不改变。

"我又不是诗人,自出娘胎以来我还从未作过诗。要我如何去答复皇帝陛下且又要押韵?请你们可怜可怜我,不要让我去做我做不到的事!如果你们硬逼着我去做这件事,那我只好跳希尔达湖啦!"

我们横劝竖劝,丝毫没有结果。他坚持宁可跳湖也决不作诗。我们谴责他:"您是市长,您的职责是保护而不是抛弃我们这座城市!"他大声吼道:"我当这个市长的时间最长!现在允许你们另选一个市长!选一个能作诗的市长!这是我最后的决定,就这么办吧!"

这时我们才真正地认识到,不能指望他了。

我们讨论来讨论去,究竟谁能做他的接班人。我们的意见无法统一。

"你们同意吗?"最后我妹夫、屠宰工人卡尔布费尔提议说,"后天我们选举希尔达城的新市长。到时,每个参选的人都要作一首

傻瓜城
Bei uns in Schilda

诗,因为我们的市长必须会作诗。谁要是当着我们大家的面能朗诵最优美的诗,谁就当选为市长!"

我们都同意卡尔布费尔的提议。

选一个才高八斗的新市长

选举的日子定下来了,每个自荐当市长的人都要作一首优美的诗。

作诗比我迄今想象的任何工作都要难得多,相比之下,把石子儿敲碎是轻而易举的事!诗可是要凭真才实学才能作出来的!

我也跃跃欲试,费了九牛二虎之力作起诗来。但作诗实在太难,让人伤透脑筋。

坦率地说,我也很想当希尔达城的市长。我也承认,我的这个愿望,由于受到我那位姓黑歇尔曼的妻子的鼓励而变得越来越强烈。

"我说,"玛格丽特说,"这个职位和这种尊严必须留在我们的家族里!"

不管我多么尽心尽力,一直没有作诗的灵感。甚至在选举前夜,我躺在床上翻来覆去毫无睡意,一直在绞尽脑汁,就是什么也想不出来。

我亲爱的妻子玛格丽特和我一样也睡不着。

"你的诗到底作好没有?"半夜里她忍不住问道。我只好道出苦衷,据实相告。她宽慰我说:

"这样吧!要是你这个笨蛋一个人作不出诗,那么我们就合作写一首吧!否则你一辈子都当不上希尔达城的市长!"

我们在床上辗转反侧,冥思苦想了好几个小时,我的妻子决不认输。天色将明,公鸡的啼叫声已经宣告选举日的到来。我们终于有了突破性的进展。

事实是——我的妻子在最后的紧要关头终于找到了灵感,作了一首诗。在她说出这首诗之前,她再三强调:

"要是你当上市长,能给我买一件新的裘皮大衣吗?"

我不假思索答应了她的要求。

于是,玛格丽特就把这首诗教给我。我必须发挥我的短时记忆能力把诗背下来,躺在床上时背,洗脸、穿衣时背,吃早饭时还在背,翻来覆去地背:

玛格丽特是我亲爱的妻子的名字,

你们睁大眼睛洗耳恭听我作诗!

…………

这确实是一首优美的诗,要是这首诗都不能使我获得成功,那么一定是有人暗中作梗。

我们满怀信心期待着!

但命运之神却另有安排。

我们朝市政厅走去,看到许多朋友、亲戚和邻居都信心十足地想当希尔达城的市长。顺便提一下,我非常怀疑,他们的妻子也帮助他们作诗。

竞选开始,我们先抽签定顺序,我作为第一个应试者来到会场。我深深地吸了一口气,闭起双眼,朝着礼堂大声背起我的诗来。

玛格丽特是我亲爱的妻子的名字,

你们睁大眼睛洗耳恭听……

但背到这里我背不下去了,咽了好几次口水,要命的是紧要关头把下文给忘了。我就只好从头开始,背到"洗耳恭听"还是背不下去,我绞尽脑汁怎么也想不起来,只好再背第三遍。我结结巴巴地背,现在的声音远不如开始时响亮,轻得有点儿像蚊子叫:

玛格丽特是我亲爱的妻子的名字，

你们睁大眼睛挖耳听……听我作诗！

我狼狈不堪地回到座位上，我恨自己糟蹋了这首诗，我的市长梦也因此而成为泡影。

第二个轮到的是我的表兄——裁缝西本克斯。他也倒霉，说错了最后一个词。不过他的诗简明扼要：

我西本克斯是个裁缝，

你们的衣服都是我缝！

在他之后是我的教父——木匠克瓦斯特，他骄傲地挺起胸，满怀胜利的信心朗诵起他的诗来：

木匠师傅就是我，

世间无人聪明如我！

不知为什么，我们每个人在关键时刻都变得语无伦次，没有人能够幸免，铁匠也不例外，他大声地说：

我的大名铁匠师傅，

铁制榔头拳……拳头里舞！

我的妹夫——屠宰工人卡尔布费尔的情况更不妙：

我是屠夫，身体壮如牛，

天生机智,学问博悠悠!

我的伯父——面包师绍尔布罗特背诗如下:

绍尔布罗特只能做面包,

作诗好比制造肥皂泡。

我没能记住所有人作的诗。我想这六首诗足以说明我们的水平了。最后我们听到了唯一一首长诗。

作者是希尔达城的猪倌,一个名叫约纳坦·维特博尔斯特的男人,至今还从未有人说起过他(因为对这个人将来要做更多的介绍)。

约纳坦站在了选举大会会场,念道:

在希尔达城认识我的有每头猪,

每个男人和每个……

在这里他停顿了一下,掏出酒瓶,喝了一大口酒——这个酒瓶他装在随时可以摸到的衣兜里,打了一个嗝儿,然后就不停地念下去:

在希尔达城认识我的有每头猪,

每个男人、女人和孩子。

我的大名无人不晓,没人不知,

作诗难不住我。

我能干且真诚,

选我当市长是聪明之举!

直到此时,我们才意识到,我们一直低估了猪倌,现在我们不得不承认,他在作诗方面的才能远远胜过我们。

"各位,"市长先生说,"他的诗虽不大押韵,但含义颇深。此外,他作的诗比其他人作的诗都长得多。因此胜利将非这首诗的作者莫属。尊敬的约纳坦·维特博尔斯特先生,我欢迎您做我的接班人!"

前市长萨穆埃尔·黑歇尔曼庄严地把项圈和城市的印鉴交给了猪倌。

这是我尊敬的岳父大人作为希尔达城的市长履行的最后一次公务。从此他退出了政治舞台,致力于自己的制绳事业,因此,在以后的一段时间里我们几乎不再提到他。

但是我们始终怀疑:这个昔日的猪倌当得了市长吗?

谁怀疑,谁就会得到教训。这话我得说在前头。

澡堂里的威严

我们的新市长大人因为得到这个崇高的职务而赢得了大家的尊敬。选举结束后,他立即到理发师那里去理发和刮胡子,然后又去洗桑拿浴。

"你瞧!"澡堂老板大声说,"你也来我们澡堂洗澡?圣诞节还没有到呢!"

"圣诞节?"新市长说,"从现在起我要经常到这里洗澡。此外,请你最好用'您'来称呼我!"

"从什么时候起不再用'你'来称呼猪倌了?"澡堂老板问道。

约纳坦先生严厉地盯着他。

"站在你面前的不再是猪倌!"他严肃而郑重地说,"而是希尔达城的新市长!"

澡堂老板吓得一时说不出话来,当他恢复常态后,再三请约纳坦先生原谅。

新市长宽宏大量地拍了拍他的肩膀说:

"好了,我原谅你,你不知道我刚当选市长。以后不能再这样称呼我!"

"一定照办!"澡堂老板说,同时拍了拍自己的胸脯,"您给了我荣誉,请允许我向您祝贺,尊敬的市长阁下!然而我担心,您在这段时间里当这个城市的市长是不会轻松的……"

"是的。"新市长说,"我既然能成功地对付希尔达城的猪,那么我也对付得了皇帝。亲爱的澡堂老板,请给我加点儿热水,在发汗凳上铺一块布!作为希尔达城的市长,我总不能再像以前那样坐在光秃秃的木头上,这一点想必你会理解的。"

澡堂里已经有十几个人坐着发汗,我也是其中一个。我没有当上市长,我知道在家里等着我的是什么。不管怎么说,在这里暂时还是安全的。

新市长也加入我们的行列,我们向他祝贺并问候,他表示感谢。我们继续聊天儿,像往常一样,好几个人坐在澡堂里,谈话无拘无束,声音也很大。我们泼水嬉戏,开怀大笑。

新市长静静地坐在那里,沉浸在深思之中。他只开过一次口。

"我请你们,亲爱的市民们,"他说,"说话轻一点儿!这样大声嚷嚷,我无法集中精神。你们知道,像我这样的人必须不断地思考问题。"

我们知道,如果他思考问题,对我们大家都有好处。于是我们尽量克制自己不说话,当不得不说些什么时,我们只好窃窃私语。

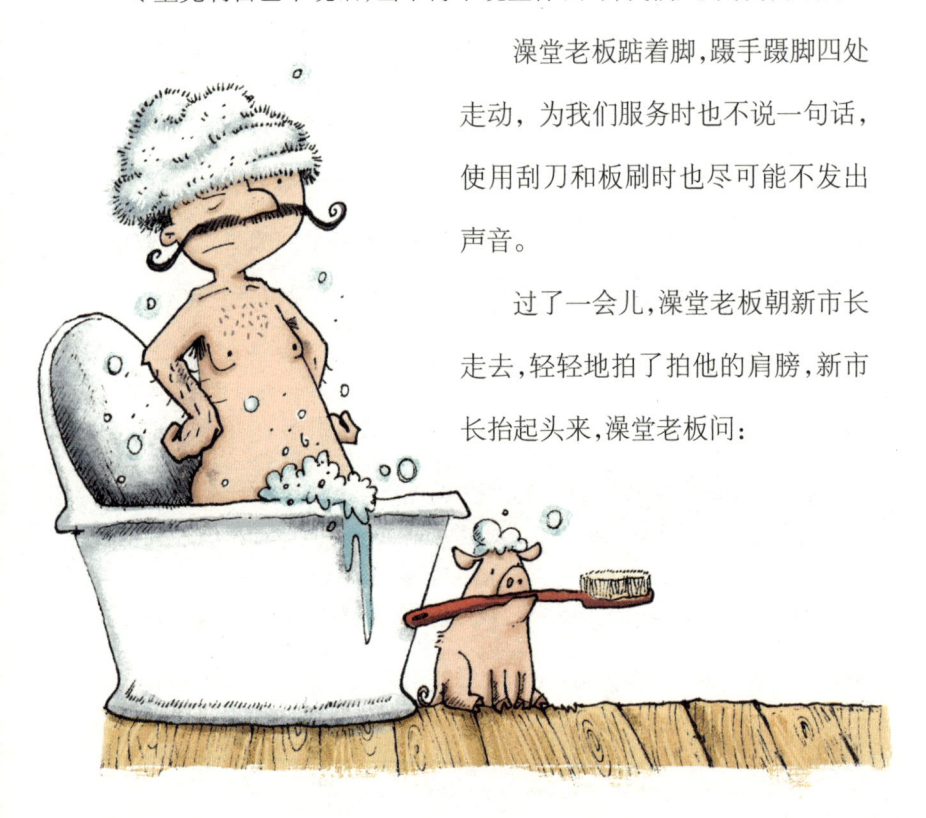

澡堂老板踮着脚,蹑手蹑脚四处走动,为我们服务时也不说一句话,使用刮刀和板刷时也尽可能不发出声音。

过了一会儿,澡堂老板朝新市长走去,轻轻地拍了拍他的肩膀,新市长抬起头来,澡堂老板问:

"市长阁下,请允许我提个问题!我不知道是否应该为阁下搓背……"

新市长心不在焉地把头发从额前撩开,答道:"亲爱的,我怎么会知道?我那么紧张地在思考问题,不可能注意那些芝麻绿豆大的小事。这可是你的职责!"

澡堂老板为保险起见,给新市长搓了两次背。

我们意味深长地互相看了一眼,我妹夫卡尔布费尔正蹲在我身旁的发汗凳上,对我耳语道:

"这也叫思考?不要太过分哟!"

押韵难不倒天才

克雷温克尔

我不能向后人隐瞒我与新市长之间的一次富有启发性的谈话。选举后的第二天,我们一起到克雷温克尔城去。他去办点事,我和他一起去,因为我家里的"战火硝烟"还未散去。

克雷温克尔是我们的邻城,在希尔达山的另一面。途中新市长向我坦言了他在那里要办的事情。

"我要为我的妻子买一件新的裘皮大衣。"新市长说,"她帮我作诗劳苦功高,这件裘皮大衣就是酬劳。"

"什么?"我大声说道,"您昨天朗诵的那首诗也不是您自己作的?"

"不是。"他承认,"那首诗的七分之六是她作的,不瞒你说,我根本不会作诗。"

"如果是这样的话,我对希尔达城的荣誉深表担心!"我脱口而出,接着又问,"难道您不怕皇帝?如果您不是诗人,您的回答和他的问候如何押韵?"

"别那么激动!"新市长说,"我妻子负责作诗。"

"要是您面对着皇帝,您的妻子就无法帮助您。您好好想想吧!"

新市长只是微微一笑:"别担心!我不会被押韵难住的。我妻子早就作好了一首诗,还把它教给了我。"

"可您根本不知道皇帝如何问候您!再说您又不是顺风耳、千里眼!"

"我虽然不是顺风耳、千里眼,但是我聪明!如你感兴趣,我们不妨马上在这里练习一下。我是希尔达城的市长,你就是皇帝。"

"可我是市里的书记员呀!"

"你脑子太笨!"新市长大声说,"你扮演皇帝,坐在这块里程碑上,就这样!它算是你的马……在你说话之前我半骑半行地过来……"

"为什么我要说话?"我问道,"皇帝难道也说话吗?"

"他压根儿不说话。因为在他说话以前,我会挥着礼帽大声说:

'欢迎您,亲爱的皇帝陛下! '"

"然后呢?"

"然后你必须回答我!"

"我?"

"不,当然是皇帝! 你认为他将如何回答我?"

"我怎么会知道?!"

"要是我大声向你打招呼,'欢迎你,亲爱的书记员!'你该如何回答我?"

"我当然会回答'我也向你问候!'。"

"对极了!我敢打赌,皇帝也会这样回答我的。你再重复一遍!"

"我也向你问候!"

"至高无上,统率诸侯!"新市长大声说道。

"统率什么诸侯?"我问道。

"老兄,你太笨了!"市长叹道,"我是说'至高无上,统率诸侯'与'问候'是押韵的,难道你觉得不押韵吗?"

"噢,是这个意思。当然押韵,押韵!"

"所以,在他开口说话前,我必须争取主动权,抢在他的前面说:'欢迎您,亲爱的皇帝陛下!'他必须回答说:'我也向你问候!'

然后我说:'至高无上,统率诸侯!'这'诸侯'的'侯'和'问候'的'候'不就押上韵了?"

现在我才渐渐有点儿理解了。

我从里程碑上站起来,走向新市长,握住了他的双手。

"请允许我说一句恭维话!"我说,"阁下真是聪明绝顶!现在我可以肯定,希尔达城的荣誉保住了!"

"干杯!"新市长说,并从他随身带的酒瓶里喝了一大口酒,然后把酒瓶递给了我。

新市长抹抹嘴说:

"现在我们就去克雷温克尔城,为我的妻子买一件新裘皮大衣。"

裘皮大衣的风波

道德败坏的恶人无法无天，肆无忌惮，不懂得尊重别人，相反还要欺骗那些德高望重的人。现举一例予以说明。

当我们到达克雷温克尔城时，新市长问守卫城门的卫兵："为达官贵人缝制裘皮大衣的裁缝住在哪里？"

"达官贵人的裘皮衣服？"

"是的。"新市长重复了一遍，"是达官贵人穿的裘皮大衣！但是请你快点儿告诉我，否则你会惹我发火的！你一定要知道，我是希尔达城的市长！"

守门的卫兵假装吓了一跳。

"我的大人！"他大声说，"如果您是希尔达城的市长，那就请您到那边的丁斯达巷的佐维索师傅那里去！"

我们毫不犹豫来到佐维索师傅家里,走进工场才知道,原来他是一个面包师。

"城门的卫兵欺骗了你们。"面包师说,"我这里有大大小小、各种各样的面包,就是没有你们需要的裘皮大衣。要不然我一定替你们烤一件。"

约纳坦先生骂道:"我是希尔达城的市长,岂能容忍被一个城门的卫兵所骗!"

"什么?"面包师大声说,"这位先生是希尔达城的市长?那我愿意为这位先生效劳!请您到另一位师傅家里去!"

他告诉我们一条胡同的名字,距这里相当远。我们向他道谢后就上路了,走了好半天才到达目的地,原来这是一个铁匠铺。

铁匠又假惺惺地把我们送到一个鞋匠家里,鞋匠指点我们去了一个眼镜师傅那儿,眼镜师傅又让我们去了一个箍桶师傅那里,箍桶师傅把我们送到一个屠宰工人那里,屠宰工人指点我们去了酿酒厂,啤酒酿造师指点我们去了一个掘墓人那里,掘墓人又让我们去了一个皮匠那里。

"这件事太离奇了!"我们离开了剥皮工人的草屋以后,新市长说,"我觉得,克雷温克尔城的市民让我们受了一整天的罪。我们中

了他们的计,东奔西跑,疲于奔命。"

我叹了口气道:"我也觉得是这样。我们还是回希尔达城吧!他们的所作所为不值得我们在这里买他们的裘皮大衣!"

新市长回答说:"亲爱的耶雷米亚斯,我已有了对付他们的办法。那是一种策略!"

我们走进了皮匠让我们去的那个工场,这是一个陶器制作工场。

"什么?"新市长大声责问陶器师傅,"你不是制皂师傅?怎么会发生这样的事?我打听一个制皂师傅,而他们却把我送到你这里来了!"

"请允许我……"我轻轻插话说,因为我想,新市长大概是气糊涂了,"你指的可能是……"

"不!"新市长提高了嗓门儿,说话时还踩我一脚,"我找一位制皂师傅!作为希尔达城的市长,我问你,亲爱的陶器师傅,你是否能告诉我。"

陶器师傅假惺惺地保证:"您到布雷齐乌斯教堂后面的

第三幢房子,那里住着一位!"

我们走出陶器制作工场后,我问道:

"先生,您为什么突然打听起一位制皂师傅来?我想,您要买的是一件裘皮大衣吧?"

"正是!"新市长说。

"在制皂工人那里买?您葫芦里究竟卖的是什么药?"

新市长满脸笑容。

"这些人很奸诈。"他说,"我不能再直截了当说要找一位缝制裘皮大衣的师傅,否则我们永远也找不到。现在我问哪里住着一位制皂师傅。他们就有可能把我打发到做裘皮大衣的师傅那里去。"

"您真机灵！"我说，"了不起，了不起，我佩服您！"

为寻找一位制皂师傅，我们被打发去了三四个地方，最后，我们终于来到一个做裘皮大衣的师傅那里。

我不知道他是否就是那个专为达官贵人制作裘皮大衣的师傅。不管怎么说，他是一个专门缝制裘皮大衣的师傅。新市长总算买到了一件漂亮的裘皮大衣，我们怀着轻松愉快的心情返回希尔达城。

在克雷温克尔城的城门口，那个卫兵懒洋洋地坐在一根长矛上，看到我们走来，得意地朝我们笑了笑。我轻蔑地看了他一眼，心想：你有什么好得意的！我们希尔达城的市民聪明绝顶，绝不会上当受骗的！

伟大谦虚的市长夫人

和蔼可亲不仅是约纳坦先生的优点,也是他妻子的优点。她是一位短工的女儿,但在她脸上找不到那种自卑的感觉。现在,她作为希尔达城的第一夫人也没有趾高气扬,仍然谦虚、随和、可爱,下面的故事可以做证。

市长夫人特别喜欢约纳坦先生从克雷温克尔城买来的那件裘皮大衣。她马上当着我的面对着镜子试穿。我对这件裘皮大衣大加赞赏,告别时,她对我说:

"明天是星期天,我要穿着这件新的裘皮大衣到市民集会上去风光一下!如果你和你的妻子愿意,亲爱的书记员先生,你们明天可以来接我们,我们一起去。"

"这是我妻子和我本人莫大的荣幸!"我欣然答应了。

我妻子一开始不想拥有这份荣幸,对我说:"我娘家姓黑歇尔曼,要我与猪倌的妻子一起参加集会?这是无理要求,这会辱没了我娘家的姓。"

我费了很多口舌才说服了玛格丽特。

"已经答应了的事,"我恳求她说,"必须做到!作为市里的书记员,我决不能顶撞市长!你要明白这一点,别使我陷入窘境!"

"那么好吧,"玛格丽特说,"为了你,我明天忍辱陪这个女猪倌去集会,但是你别指望我会一直给笑脸!"

第二天一早,我们就到新市长家里去接他们。新市长穿着衬衣接见了我们,他的胳膊下面夹着一面镜子。他尴尬地承认:"我们还没有做好去集会的准备工作……"

"约纳坦!"不等他讲完,他的妻子在起居室大声嚷嚷,

"你在哪里?快把镜子拿来!"

"马上来!"市长大声回答,然后他请我们先走一步。他还说,他和他的妻子穿戴好就来。

我虽然还想等一等,但玛格丽特扯了扯我的衣袖,轻轻地说:"真倒霉!难道这只愚昧无知的丑鹅还要打扮成一个天仙不成?我们走吧,耶雷米亚斯!"

"玛格丽特,"我严厉地说,"你侮辱了市长的妻子!我权当没有听见!"

"如果你没有听见,那我就重复一遍!"玛格丽特固执地说,"她现在是,将来永远是一只愚昧无知的丑鹅!头衔和新的裘皮大衣改变不了她的形象!"

一路上,我还得忍受出自我妻子之口的抱怨。出于我对市长夫人的尊敬就不在这里重复了。玛格丽特口无遮拦,不停讽刺

挖苦我。我说,她说话应该合情合理,这位市长夫人并不趾高气扬。她无礼地说:"她得向我证明她是一位平易近人的夫人!"

我承认,这个星期天,我几乎没有听进去任何市民的发言。我的思绪停留在玛格丽特和市长夫人身上。我想,但愿这位市长夫人不久将引起我妻子对她的好感。

然而我并不知道,这个虔诚的愿望要多久才能实现。

集会快要结束了,市长及其夫人终于来了。显然他们以为,众人是因为他们的到来而起身问候的。这不过是一个误会,但是不知道这一点的市长夫人对此感到受宠若惊。

"不,不,亲爱的市民们!"她对我们说,"你们不用站起来!虽然你们对我——新市长的夫人表示这样的尊敬,我很高兴,但是请你们还是坐下来!亲爱的女士们、先生们,请你们坐下!不久以前,我像你们一样是个普通人,我不希望你们在我面前低声下气!"

这些话给我们留下了非常深刻的印象,甚至包括玛格丽特在内,都因市长夫人表现出来的这种伟大的谦虚而深受感动。我的妻子发自内心地说:

"是的,耶雷米亚斯,我现在明白了,你说得对!这位夫人不像我在失去理智时说的那样趾高气扬,她为人和蔼可亲!"

类似这样的例子不胜枚举。对市长夫人的赞美之词到处可以听到,在此不再浪费笔墨。现在让我回到希尔达城的历史上最有意义的一件事:皇帝来访。

天衣无缝的迎驾准备

皇帝要来访问的消息在希尔达城已经家喻户晓。在他到来前的最后几天里,我们紧张地为迎驾做准备,所以日子过得飞快。

我们用鲜花和枝叶装饰房子,所有的窗子上悬挂着小旗子,街道和小巷上方横拉着绳子,绳子上挂满用草编成的星星、三角旗和彩带,看起来很美、很可爱。我们把桦树的枝条插在各处的大粪堆上——这一招是我想出来的——这也显得非常隆重。不过最受重视的要数我们的市政厅,我们把三面墙壁从上到下、从里到外粉刷了一遍,再用牛血漆门窗,在原先挂钟的地方挂了一口紫铜制成的香肠蒸锅,这是我妹夫卡尔布费尔捐赠的。为此大家还挑选出一个年轻力壮的屠宰工人,当皇帝走进市政厅时,他要用一个木槌敲打这口蒸锅,锅声与节日的钟声一样悦耳动听。当然我们也用鲜花、树枝和彩旗把我们的市政厅装饰得非常庄严。

新市长提出要为皇帝安排一支护送队。只要皇帝来到我们中间,那么这支护送队就要寸步不离地侍候在他左右。护送队由我和新市长、西本克斯、卡尔布费尔、铁匠、我的岳父、酒店老板、克瓦斯特及我的伯父绍尔布罗特组成。

"这个主意好极了!"酒店老板说,"你们是否考虑过,我们九个人在欢迎皇帝这一天应该统一着装?既然要建一支护送队,那就要建一支像模像样的!"

"说得对!"我亲爱的表兄、裁缝西本克斯大声说,并自告奋勇为我们每个护送队队员缝制一件红色的上衣和一条有棕色条纹的黄色长裤。

"我担心,时间恐怕不够!"我插嘴道。但是西本克斯自信地说:"等着瞧吧!"

在不到四天的时间里,这位万能裁缝像魔术师变魔术一样缝制好了九件上衣和九条长裤。在做最后一件上衣的袖子时,不知怎么搞的,出了点差错,由于布料不够了,第二只袖子做不成了。

"现在只有一个办法能帮我们,"卡尔布费尔说,"那就是把其他八件上衣的袖子都剪下一只!"

"这样行吗?"新市长迟疑不决地问道。

"行!"卡尔布费尔说,"否则我们的上衣就不一致了!"

"那么好吧,就这样办!"新市长大声说。

西本克斯拿起剪刀,利索地将另外八件上衣的左袖剪了下来。这件令人烦恼的事就这样解决了,我们九个护送队队员的服装就完全统一了。

试穿服装时我们只有八个人到场,我的教父克瓦斯特因有重任不能来。

"这位能人有很多事要做。"绍尔布罗特说,"我们去看看他,你们说好吗?我已经很好奇了。"

我们也很好奇,于是大家就来到克瓦斯特的木匠场。我的教父全身上下涂满了黑色、棕色和白色的颜料。他站在木匠刨台旁,台上放着盛满各种颜料的颜料缸。

"怎么样?"卡尔布费尔问,从他的肩膀上探过头去,"工作进展如何?木马马上就要完工了吗?"

"谢天谢地!"克瓦斯特说,"这匹白马是最后一匹了。"

"你让我们看看,行吗?"新市长说。

克瓦斯特退到后面。

刨台上放着一个木马头,头和脖子漆成了白色,鼻子微红,马鬃是黑色的,嘴和眼睛还没有漆。

"啊!"酒店老板说,"美,真是美呀!其他几匹呢?"

"你们跟我来!"克瓦斯特说。我们跟着他来到后院。

在后院,我的教父骄傲地指着一大群木马给我们看。这些木马全都是他亲手制作和油漆的,现在都靠在墙边晾干。

我们被这些漂亮的黑马、栗色马、花斑马和白马吸引住了。我还发现了几匹棕黄色的马。

"一共有多少匹?"铁匠问道。

"和这座城市的男性居民人数一样多。"我的教父说,"你可以数一数。"

新市长双腿夹住一匹棕色木马,笑着在院子里跳来跳去,然后说:

"你们看,亲爱的朋友们,我们明天就是这个样子去迎接皇帝!这就叫半骑行半步行。"

我们设想,皇帝该有多么惊讶,我们对此满怀信心。突然新市长止住笑声,拍着自己的前额惊叫起来:

"多么可怕!到现在我才想起来一样最重要的东西!"

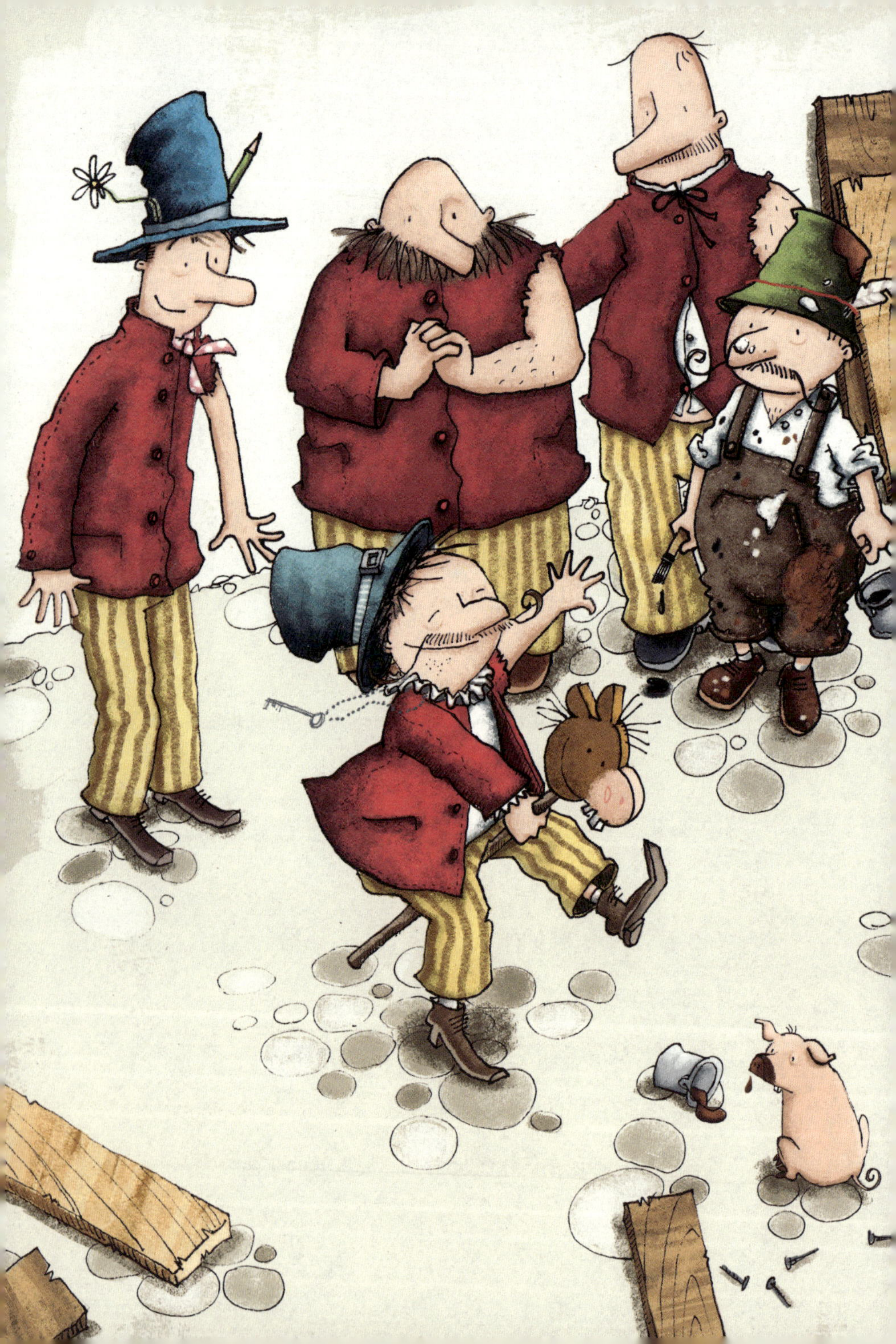

"什么东西?"我妹夫卡尔布费尔问道。

"送给客人的礼物!"新市长说,"我们总不能空着手去迎接皇帝吧!"

"我们还有时间,"绍尔布罗特说,"我们肯定会想出合适的礼物来……"

我们讨论来讨论去,一直讨论到深夜,还是没有结果。酒店老板给我们鼓气道:"朋友们,你们听着!人们都说,我们希尔达人是非常聪明的,所以我们一定会想出送什么礼物给客人。"

"你有什么好主意?"新市长问。

酒店老板建议,我们应该送给皇帝满满一罐芥末。

"用芥末当礼物？"我岳父生气地说，"你怎么会有这么奇怪的想法？这怎么行呢！"

我们其他人也都认为，决不能把一满罐芥末当作礼物送给皇帝。酒店老板并不因为我们的反对而改变自己的主意，他慢条斯理地说："众所周知，芥末的特点是辣。如果我们对皇帝说，'皇帝陛下，我们送给您一罐芥末，正如它的味道很辣一样，我们希尔达人习惯敏锐思考！'——这难道不是一个很好的暗示吗？"

"要是这样考虑的话，"新市长说，"我不得不同意你的建议了！"

因为这个最后的也是最困难的问题得到了圆满解决，我们可以毫无顾虑地迎接皇帝的来访了。

"明天见！"我们说，便安心回家去睡觉了，因为一切准备工作都已就绪。

皇上驾临

第二天早晨,皇帝和他的随从骑着马朝希尔达城走来。我们在南门后边等着,等到队伍来到城墙边,听得清楚他们的吆喝声时,我们的新市长就发出了信号。

"开始!"他大声喊,"前进!"

这时,女人们高声欢呼着打开城门;男人们则骑着自己的木马冲出来迎接皇帝。新市长一马当先,第二个是我——带着一罐芥末,我的后面是酒店老板、克瓦斯特和其余几个护送队队员,其他男人排在最后——四人一列或者五人一列。

对皇帝来说,这一定是一个十分壮观的场面。他看到我们出来时,立即勒住了马。他左手叉腰,右手为眼睛遮光,盯着我们看,好像在看世界第八大奇观似的。皇帝的随从也停了下来:旗手、宰相、

膳务总管、掌酒宫官、皇帝的旅行随从、传令官、骑士和宫廷侍童——他们坐在马上抻着脖子,露出惊讶的神情。皇帝身穿一件镶着毛皮领子的红大衣,头戴一顶银鼬皮做的白帽子,腰间挂着一把宽大的帝国宝剑。马镫是银质的,马刺是纯金的。

我们朝前走了几步来到皇帝面前,新市长不小心绊了一下,鼻子朝下跌倒在地。我们以为,他想以此向皇帝表示敬意,因为他曾叮嘱过我们要在所有的事情上都以他为榜样。因此,我们也就都肚皮朝下直挺挺地拜倒在地上。

这时,皇帝和他的随从发出了响亮的笑声。但是新市长并没被唬住,他始终趴在尘埃里,挥动着自己的帽子大声说:

"欢迎您,亲爱的皇帝陛下!"

在皇帝没有回答他的问候以前,他必须一遍又一遍地重复这句话。皇帝努力克制自己,忍住笑,回答道:

"谢谢,亲爱的市长,谢谢!"

"至高无上,统率诸侯!"听到皇帝的回答以后,他立即大声说道。

皇帝是丈二和尚摸不着头脑,摇着头问道:

"这是什么意思?"

"我回答您时要押韵,"新市长说,"但是您却说错了话。您不应该这样回答我的问候,这是不对的!"

"如果这是错的话,"皇帝很想知道,"那么怎样才是正确的呢?"

"您应该说'我也向你问候!'。"

"我也向你问候!"皇帝重复了一遍。

"至高无上,统率诸侯!"新市长再次大声说道,"您看,这不就押韵啦!"

"我们承认这一点吧!"皇帝说。

"这样一来,两个任务就都圆满地完成了!"新市长说着话站起身来,"正如您所要求的那样,我们半骑半行地来到城前迎接您,我作为市长,回答您的问候是押韵的。您还怀疑我们希尔达人的聪明吗?"

"不!"皇帝高兴地大声说,"我不得不说,我的宰相并没有向我讲述多少有关你们的事!"

他边说边指着站在他左边的宰相。我们这时才认出他就是那个高贵的旅行者,就是他告诉我们,我们收割的不是长盐的植物,而是荨麻。当我们此刻在此地又见到他时,没有人能确切地描述我

傻瓜城
Bei uns in Schilda

们的惊讶!

由于出乎意料的重逢,新市长也有点儿茫然不知所措。把礼物送给皇帝时,他竟然说错了话。他说:

"我亲爱的芥末陛下!为了表示对您的敬意,我敬献给您一个装满皇帝的罐子!"

听到这句话,我们大家都吓出了一身汗,我立即用胳膊碰了碰新市长的腰。

新市长随即让装满芥末的罐子掉了下来,罐子跌成碎片,芥末

像黄色的糨糊流了一地。

不该发生这样的事！但是新市长非常机敏，他迅速把自己的食

指伸到芥末里,然后把沾满芥末的手指放在皇帝的面前,解释道:

"皇帝陛下,请您原谅我这小小的过失!您一定要知道,这美味的芥末即使掉在地上,像现在这样,但芥末的味道是辣的,我食指上的芥末也是辣的,我们希尔达人无论过去、现在或是将来都习惯敏锐思考!"

"那是肯定的!"皇帝大声说,"那是肯定的!市长先生,不过你最好把自己手指上的芥末舔干净!今天我所经历的这一切,使我坚信,你们希尔达人都是敏锐的思想家!"

听了皇帝的这番评价,我们希尔达人再也没有更多的要求了!

新市长非常听话,舔净了自己手指上的芥末。然后,我们担任护送任务的九个人围在皇帝的周围,拥着他一起通过南门进城。

女人们挥动着一束束鲜花和一块块手帕向皇帝致意,孩子们高呼:"皇帝万岁!"那位年轻的屠宰工人则用木槌敲响了香肠蒸锅,发出了清脆的咚咚声。

高潮迭起的盛宴

为了表达对皇帝的敬意,当然要在市政厅举行宴会。几天以前,我们就把桌子和长凳搬进了市政厅,一切早已准备就绪。

皇帝和我们九个护送人员坐在同一张长桌旁,皇帝的随从及希尔达城的其他市民则坐在另外几张长桌旁。

我们刚一落座,市长夫人和玛格丽特就带着六个妇女进来分发调羹,并在每一张桌上放了一只带盖的大碗,然后说:"祝您胃口好!"说完立即离去。

新市长问皇帝:"您认为我们今天将用什么美味来招待您?请您猜一猜,这是一道什么菜。我敢肯定,这道菜不常出现在您的餐桌上。"

"我怎么会知道?"皇帝说。

这时,新市长微笑着揭开了碗盖。

"请您闻闻!"他请求道。

皇帝身子朝前微倾,深深地吸了一口气说:"我没有尝过这样的菜。"

"太好了!"新市长说,"这是加了面包块的黄油牛奶汤。汤里的白面包块是属于您的,黑面包块是我们其他人的。请您别客气,亲爱的皇帝陛下,请尝尝!"

皇帝回答道:"这样的黄油牛奶汤我虽然没有吃过,但是我很想品尝一下。我的盘子在哪儿?"

"我们希尔达人习惯大家在一只碗里喝汤。"新市长说,"这是我们这儿自古以来一直流传的风俗习惯,今天我们也不想打破这个习俗。"

"如果不得不如此的话,那我只得入乡随俗了。"皇帝叹了口气说。

他慢慢品尝调羹里的汤,我们紧张地等待着他的评语。令我们欣喜的是,他尝过后就赞美道:

"我觉得这汤的味道相当不错。"

现在我们也开始用调羹舀汤,只舀汤里的黑面包块吃。新市长把白面包块全都让给了我们的客人吃。

我妹夫卡尔布费尔和吹笛手杜德尔负责宴会上的娱乐。杜德尔全神贯注地吹奏笛子,我妹夫让我们和皇帝猜谜语,以消磨时光。他出的谜语很难,我想在这里说上一个让你们猜猜。

卡尔布费尔转身向着皇帝说:"四只眼睛,两张嘴,一根尾巴,六条腿。您猜这是什么?"

皇帝为此绞尽了脑汁,怎么也猜不出谜底。

"四只眼睛,两张嘴,一根尾巴,六条腿——这难道是怪胎?"

"不!"我妹夫高兴地说,"这就是您,亲爱的皇帝陛下,您骑在马上!马有两只眼睛,您也有两只眼睛,一共四只眼睛;马有一张嘴,您也有一张嘴,共有两张嘴……"

他还要继续说下去,可皇帝已忍不住大笑起来。"你别往下说了!"他请求道,"我现在全明白了!四只眼睛,两张嘴……这真的要笑死人!这样的谜语,你们还有很多吗?"

我妹夫给出了肯定的回答。"我想再出一道谜语!"他说,"四只眼睛,两张嘴,一根尾巴,六条腿。您猜这又是什么?"

"你刚才不是说过了,那是我。"皇帝说,"如果我骑在马上的话!"

"不!"卡尔布费尔说,"这次是我,如果我骑着自家的骡子去磨坊的话!"

这时,皇帝才真正地开怀大笑了起来。

我们的铁匠趁机以迅雷不及掩耳之势从汤里舀起一块白面包。他以为不会被人发现,然而却没逃过新市长的双眼。

"铁匠!"他责备道,"你太放肆了,白面包块是皇帝陛下的!快把它放回碗里去!"

铁匠已经把白面包块放进嘴里了,听到市长的话,他涨红着脸,乖乖地把白面包块又吐回汤里。

新市长请求皇帝原谅,说:"对不起,这是一个误会,铁匠肯定不是想要侮辱您……"

皇帝放下调羹说:"我已经吃饱了,你们把这碗黄油牛奶汤喝光吧!我再也吃不下了!"

我们设法让他再多吃些,可他说什么也不肯再吃了,他再三强调:"相信我,我真的吃饱了!我平时吃得也不多。"

于是我们就喝光了这碗黄油牛奶汤。

我们觉得,黑面包块和白面包块一样好吃,不过心中老在想:皇帝的胃口怎么这么差?

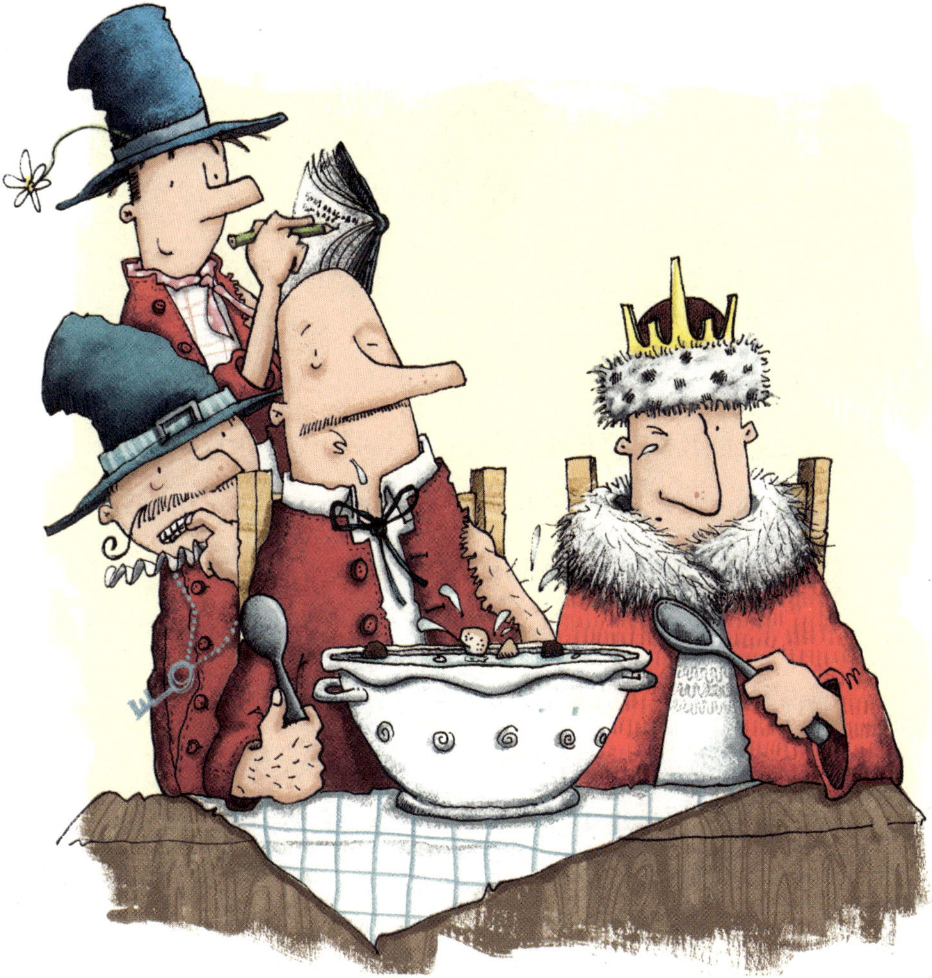

找回自己的腿

就在皇帝来访以后,我们经历了极其可怕的惊险事件。我们——这一次我指的是护送人员。

皇帝和他的随从访问了希尔达城后便要回去了,我们九个人骑着自己的木马走在前面,给即将离开的客人领了一段路。

皇帝没有制止我们,但是走了几百米后,他大声说道:"站住!"接着说了下面一段话以示告别。

"亲爱的希尔达城的市民,你们不必远送,可以掉转马头回家去了。谢谢你们的盛情款待。我确信,你们非常聪明,无论到什么地方都很难遇上像你们这样的聪明人。这里有一件小小的礼物送给你们。"

他向掌酒宫官示意。掌酒宫官赶忙朝一匹走在队伍后面的载着行李的马走去。原来,他给我们每个人带了一瓶匈牙利葡萄酒,并以皇帝的名义把这几瓶酒递给了我们,然后说:"再见,亲爱的先生们!"

新市长对此表示衷心的感谢,告别时还允许我们亲吻皇帝的左手。

皇帝用马刺踢自己的马。不久,他和他的随从便消失在一片飞扬的尘土中。

"我们是把酒带回家呢,"我妹夫卡尔布费尔问,"还是现在喝掉?你们选择哪一种?"

酒店老板和其他人异口同声地说:"现在喝掉!"

"好!"新市长说,"那就让我们到那边的草地上喝个痛快吧!"

我们把木马缚在一棵榛子树上,越过一条路沟,没走多远就到了草地上。我们九个人围坐在草地上,腿伸向中间。新市长抓起第一瓶酒,打开瓶塞。"为皇帝和他的健康干杯!"他庄严地说。

"对!"我的教父、木匠克瓦斯特大声说,"也为我们的健康干杯!"

新市长对着酒瓶喝了一大口,然后把酒瓶递给他左边的那个

143

人。酒瓶就这样往下递,直到把这瓶酒喝光为止。

"好酒!"我伯父绍尔布罗特抹着嘴说,"这酒我喝起来像喝糖水一样!"

我们一起喝完了第二瓶、第三瓶、第四瓶酒。这种匈牙利葡萄酒很烈,直往我们脑门儿上冲,我们因此兴奋不已。喝完了第五瓶酒再喝第六瓶。喝完了第七瓶酒后,新市长开口说道:

"朋友们!我虽然是希尔达城的市长,但从现在起,我和你们平起平坐,一律平等。从今天起,你们就干脆直呼我的名字,好不好?不要再对我称'您',改称'你'。"

"约纳坦!"我感动得紧紧拥抱着他直呼"约纳坦"。

我们九个人越来越兴奋,越来越放纵了。

当我们喝完了第九瓶,也就是最后一瓶酒时,我的表兄西本克斯突然发出了一声尖叫!

"出什么事了?"酒店老板问。

"我们的腿!"西本克斯惊呼道,"我们的腿!你们难道没有看到发生了什么吗?天哪!我不知道哪条腿是我的,亲爱的兄弟们,你们知道哪条腿是你们的吗?"

我们茫然地互相看着。我们九个人都穿着有棕色条纹的黄裤子,喝酒的时候,我们一直紧紧地挨在一起。现在,我们不知不觉把腿横七竖八地交叉在一起。在这么混乱的情况下,谁还能分得清楚哪两条腿是属于自己的!

"真是糟透了!"新市长叹息道,"这不是很可怕吗?我们闯了大祸了!九条右腿,九条左腿,所有这十五条腿像燕麦秆一样乱七八糟地堆放在一起!"

"十五条?"克瓦斯特说,"那是十九条!"

"有什么关系?"我岳父说,"不管十五条还是十九条——要是我知道我的那两条腿在哪里就好了!"

我们这些倒霉鬼都哭丧着脸。酒店老板扯着自己的头发,铁匠绝望得绞着双手。我们该怎么办?

"让我们大声呼喊吧!"西本克斯尖叫起来,"让我们大声呼喊

傻瓜城 Bei uns in Schilda

吧!也许有人会听到来帮助我们!"于是我们九个人便杀猪般地号叫起来。这样大喊大叫的效果很好,没过多少时间,一个车夫驾着车朝我们驶来,随即下车走向我们。

我们激动地向他诉说我们的困境,并恳求他:

"帮帮我们吧!请您帮助我们找回自己的腿!如果您有办法的话,无论如何请帮我们一把!"

"你们不用担心,你们遇到了一个助人为乐的热心人!"他说,"请你们稍等,我马上就回来,我会把一切处置得妥妥帖帖。"

他跑向马车,拿来一根长长的马鞭。他扬起马鞭啪啪地抽打在我们的腿上。

这一招很管用!

在痛苦的喊叫声中,我们跳了起来。圈子一下子就散了。我、我岳父、克瓦斯特和酒店老板单腿蹦跳着,绍尔布罗特抱住了左膝,我表兄西本克斯在按摩小腿肚,铁匠好似一个打转的陀螺。

只有我们的新市长仍然坐着不动。他很幸运,是唯一没有挨到鞭子抽打的。这时,他既惊讶又羡慕地看着我们绕着他跳来跳去。

他很生气。

"要我继续坐在这里倒霉吗?"他骂道,"最好也帮助我站起来!"

"对,请你帮帮他!"我们恳求车夫。

车夫再次热心帮助了市长。啪!他用马鞭抽打了一下新市长的腿,接着啪的一声又抽了一鞭!

"哎哟!"我们的新市长大叫一声,从草地上一跃而起,"停!够了!"

我们衷心感谢车夫的帮助。他说,这是小事一桩,不值一提。要是我们以后由于疏忽再次分不清腿的话,只要他遇上,肯定会用马鞭再一次为我们效劳。

他说着回到了马车上,吆喝一声赶着车上路了。

"我们真是幸运!"酒店老板说。

"是的。"新市长说,"不过我认为,我们要加倍小心,赶紧把长裤脱下来,要不然,我们很有可能再一次分不清各自的腿!"

我们已经尝到了苦头,于是迅速地脱下黄色的长裤,骑着木马回家去。一路上,我们虽然只穿着内裤,但心情还是很愉快的。

这时,我们并没有预感到,希尔达城的日子已经屈指可数了。

像野火一样蔓延的鼠灾

老鼠确实很讨人嫌。它们在我们希尔达城渐渐成为一种真正的灾难。由于它们无节制地贪食,导致任何东西都不安全——无论是放在桌上的面包,还是放在烟道口的肥肉,都成了它们的食物。

它们不仅偷吃仓库里的谷物、柜子里的面粉、储藏室里的香肠和火腿,还咬坏衣服、马鞍、马笼头、腰带、钱袋、手套、鞭子和皮帽,甚至吃蜡烛、木匠胶水、肥皂以及蜡线。

数百只老鼠结成一群穿过街道和房间。如果我们围着桌子吃饭,必须不停地用调羹打它们,否则它们会抢着吃我们碗里的饭菜。这些该死的畜生简直肆无忌惮!

遍地是老鼠屎!牛奶里,黄油里,凝乳里,胡椒盒里,盐缸里,腌菜里,小米里,芥末里,酵母里,甚至每一个啤酒杯里,到处可见老鼠屎！连最凶恶的敌人我都不希望他遭受鼠害！每当想起此情此景,我就感到毛骨悚然。

我们不能让老鼠这样猖獗下去,必须采取措施。

有一段时间,我们试用捕鼠器,但收效甚微。于是我们买来老鼠药撒在各处,效果也不佳。遗憾的是,不仅老鼠,狗、鸽子、母鸡、鹅和猪吃了老鼠药后也纷纷死去。因此,我们很快就放弃了投放老鼠药这一措施。

新市长向我口授了一封信,信里明确规定,不准老鼠继续在城里逗留。按规定他用三个"✕"签了字,接着我把本市的印章盖在上面,然后挨家挨户地走访、读信。

我以希尔达城市长的名义,响亮而清楚地命令老鼠赶快离开这儿。老鼠是真的不懂人话,还是故意装聋,我不得而知。反正它们依然如故,高高兴兴地继续繁衍子孙后代。

当我们再一次坐在市政厅里讨论如何对付这些令人憎恨的老鼠时,我的表兄西本克斯说:

"请你们仔细听我说,亲爱的邻居们,我想起了一个故事！你们也肯定知道,那就是哈默尔恩捕鼠人的故事！"

我们大家都知道这个故事。

"也许,"我的表兄接着说,"对哈默尔恩的居民有用的办法,对我们也会有帮助!我们城里也有一个吹笛手,为什么不把他请出来呢?"

"对!"新市长大声说。于是,我们立即把那个吹笛手请来,并告诉他该做什么。

吹笛手杜德尔要在明天清晨穿过希尔达城,用笛声把老鼠吸引到自己的身边,然后把它们引到希尔达湖里去。

"我们会在湖边为你准备好一艘船。然后,"新市长说,"铁匠和屠宰工人把你载到湖中心去,你继续吹你的笛子。老鼠便会跟着你跳入湖里淹死!"

吹笛手明白了新市长要他做的事。第二天一大早,他踏着稳健的步伐,吹着笛子,从城市的一端走到另一端。他在城里来来回回走了十几遍。笛声听起来是那么刺耳,屋子里的狗开始狂叫。刺耳的笛声也使我们听着难受。老鼠没有乖乖地跟着他走,反而躲进了地下室和木料堆里。

我们一致认为,吹笛手应该停止吹奏,因为再吹下去毫无意义。一位陌生人经北门来到了希尔达城。根据他的年龄、长相和服饰,我们断定他是一个漫游的学生。他摇着头观看吹笛手已有一些时候了。他向我走来,向我表示问候并问这里发生了什么事。

我向他讲述了我们这里发生的烦恼事。我的伯父,我的教父和酒店老板也围拢过来讲了老鼠带来的苦恼。

"啊,对了!难道你们希尔达城没有猫吗?"这个漫游的学生在听了我们痛苦的叙述后问道。

"猫?"我们说,"不,这可使不得!我们不愿养这种动物。"

"为什么?如果你们希尔达城有足够的猫,那么它们很快就会把老鼠消灭光!"

我对他说:"朋友,有些事你并不明白!曾经有人向我们预言,有朝一日猫会给这座城市带来灭顶之灾,因此我们决不容许希尔达城有猫存在。"

"那么你们就买……"这个漫游的学生考虑了一下说,"一只捉鼠狗!"

"什么?一只捉鼠狗?"我的伯父问道,"这是什么动物?"

"捉鼠狗,"这个陌生人说,"顾名思义就是会抓老鼠的狗。它看起来完全像猫,只不过它是狗,不是猫。"

"哪里有这种狗?"我很想知道。

"它是可以买到的。"这个学生说,"它很贵,因为物以稀为贵

嘛。不过我能为你们买一只来……"

"多少钱?"

"五十金币。"

"不能便宜点吗?"

"不,这只是必须支付的钱,我一分回扣都不拿。我很同情你们,我不想赚你们的困难钱。"

漫游的学生就像一只自由飞翔的鸟,只要有机会,他们就会说谎、欺骗和偷窃,所以我也不相信有这等好事。

"我们要付订金吗？"我问道。

他说不用,他会用自己的钱先买一只捉鼠狗。

"我把捉鼠狗买来后,如果你们觉得好,就把它买下;如果你们觉得不好,就别买。我总会找到买主的。他们或许愿意花七十个金币,甚至八十个金币买它。"

我们的怀疑烟消云散。这个漫游的学生答应我们,两三天后,他会带着捉鼠狗再来希尔达城。我们想,到那时钱也不会成问题的。

傻瓜城
Bei uns in Schilda

"一言为定?"

"一言为定!"漫游的学生说完又经过北门离开了希尔达城。

这时,吹笛手杜德尔停止了吹笛。"我吹不动了,"他喘息着说,"再吹下去我的肺就要炸裂了。"

酒店老板说:"放心吧!你不用再吹了,再吹也没有用。现在我们有了更好的办法,两三天后我们会得到一只——它叫什么来着?"

"一只捉鼠狗!"我补充道。

"对!"酒店老板十分得意地说,"一只捉鼠狗!"

启用捉鼠狗

谁也不会想到,捉鼠狗成了我们的灾难。这一点我们事先是不可能知道的,否则我们决不会让这只危险的畜生进入希尔达城,即使这个漫游的学生把它赠送给我们,也不要。

这个年轻人离开两天后,又回到了希尔达城,为此我们非常高兴。他背来了一只袋子,袋子里有东西在动。

我们想知道,袋子里装的是否就是我们要的捉鼠狗。

"是的,"这个漫游的学生说,"这就是捉鼠狗。我们到市政厅去,在那里我给你们看这只捉鼠狗。你们的钱准备好了吗?"

在市政厅里,我们给他看了装有五十个金币的钱袋。这个学生让人帮他数了一下钱,但他自己没有碰钱。

然后他说:"你们已经给我看了钱,现在我就给你们看这只捉

鼠狗！"

他把手伸进袋子里,我们好奇地抻长了脖子。

这个漫游的学生从袋子里抓出来的动物第一眼看起来像一只公猫——乌黑,有爪子,绿色的眼睛,还有小胡子。它先是怀有敌意地发出呼噜噜的威胁声。这个年轻人轻轻搔它的脖子,于是它就舒服得发出呼噜声。

"这肯定不是猫吗?"我疑惑地问道。

这个年轻的学生回答说:"不,这种动物叫捉鼠狗。你们想想吧!它价值五十个金币呢!从什么时候起猫变得如此值钱了?只要你们说一声不要,我就马上把它装回袋子里,到别处去卖。我不想把它强卖给你们。"

他准备把这只动物塞进袋里离开,新市长出面说情:

"且慢,亲爱的朋友,别急!我们信任你!即使这只动物酷似一只公猫,我也不得不承认,可能弄错了。难道这只捉鼠狗真的能帮助我们吗?"

"你们可以放一百个心!"年轻的学生说,"你们可以自己辨别,我是在说谎还是在说真话。我不希望你们糊里糊涂买下我袋子里的东西。"

"什么东西？"我的表兄西本克斯惊讶地问道。

这个学生沉着地说："你们不必大惊小怪，这的的确确是一只捉鼠狗。而不是别的什么东西。"

在希尔达城的市政厅里，老鼠同样猖狂地跑来跑去。它们从地板上一闪而过，在炉子后面探头窥视，绕着桌子和长凳戏耍。现在我们坐在这里，可以目睹捉鼠狗的捉鼠高招儿。

漫游的学生把捉鼠狗放在盛煤的木箱上，只见它弓起腰，嗅了嗅，竖起小胡子。

我们屏住了呼吸。

它突然一跃而起，一下子就捉住了那只最大最肥的老鼠！它用爪子抓住老鼠并咬断了它的脖子。

但这仅仅是开始！

捉鼠狗凶残地冲向第二只老鼠，转眼间，它已抓住了三只老鼠，后来又捉住了六七只，其余的老鼠赶紧逃命。捉鼠狗咬住死老鼠的尾巴，把它们拖到炉子后面的墙角里，舒舒服服地享用它的胜利果实。

"这只捉鼠狗我们买了！"新市长说，"这里是五十个金币，请你收下！"

漫游的学生藏好钱袋,与市长握手告别,并重申:

"亲爱的市长,你们不会为这次买卖而后悔!这个黑家伙会在短短的几天里,把所有的老鼠都抓光,对于这一点你们可以绝对放心!"

他正要离开市政厅时,我的伯父抓住他的衣角说:

"最后还有一个问题!"

"请讲!"

"如果这只捉鼠狗把希尔达城的最后一只老鼠消灭了,那该怎么办?它总得靠什么东西活下去。"

"当然!"漫游的学生说,"它吃路上跑的东西,比如鼹鼠、麻雀、乌鸦等等。"

起初,我们对这个回答并不在意。当这个漫游的学生离开我们以后,我们越想越觉得不对劲。我的表兄、裁缝西本克斯首先开了腔。

"市民们!"他突然说,"我有一种可怕的预感!我们大家处于……"

由于太紧张,他结结巴巴话也说不完整了,我们为他着急。

"什么?"我妹夫卡尔布费尔重复他的话,"我们大家处于……"

"生命危险之中!"裁缝总算脱口而出,说完他胆怯地看着炉子后面的角落。

"你说下去!"克瓦斯特催促道。

酒店老板问:"你是说这只捉鼠狗吗?"

我表兄点了点头。

"究竟是什么原因使得这只捉鼠狗变得那样危险呢?"西本克斯低声说,"你们不是亲耳听见那个学生说的话了吗?它吃路上跑的东西。"

"那又怎么啦?"卡尔布费尔问。

"这就是说,"西本克斯说,"它也吃鹅和鸡,猪和羊,还有奶牛,以及……"

话再一次卡在我表兄的喉咙里。

"以及人吗?"酒店老板补充说。西本克斯点了点头。

市政厅里的气氛顿时紧张起来,大家面面相觑,谁也不发表意见。我们大家忽然意识到那个漫游的学生置我们于这种可怕的境地。我们闷声不响,绝望地盯着这只捉鼠狗。

这畜生躺在炉子后面的角落里舔它的爪子,时而伸伸懒腰,时而打个哈欠。我们看到它嘴里的尖牙利齿时,感到背脊上一阵冰

凉。

"我们走吧!"新市长轻声说。

我们轻手轻脚地走出市政厅,克瓦斯特也跟在我们后面。

这时我们才真正有了安全感,我们深深吸了一口气,开始商讨一个重大的问题。

"有一点是肯定的,"卡尔布费尔说,"我们必须除掉这只捉鼠

狗！不管付出多大的代价！"

于是我们起誓，必须打死这个怪物，否则我们别想过安宁的日子。

傻瓜城的灭顶之灾

很快就讲到了结局,我希望讲得简单扼要。每每想起这件往事,我的心情就会变得极其忧郁,因此我也不愿意叙述得太详细。

打死这只捉鼠狗是一项艰巨且极其危险的任务,然而勇敢的铁匠自告奋勇担此重任。他告别了妻子和孩子,头戴一顶钢盔,从夜班卫兵的手中接过一根长矛。

"一旦我有个三长两短,"他请求新市长和我们,"你们要照顾好我家的孤儿寡母!"

铁匠最后一次与我们握别,然后以坚定的步伐走向市政厅的大门。

捉鼠狗懒洋洋地躺在放炉子的角落里。

"为了希尔达城!"铁匠举起长矛,高喊着朝这只怪兽冲了过去,"为了希尔达城!"

他用尽全力刺了过去。要不是这只怪兽在危急关头从他的手底下逃跑了,他定会刺穿它的胸膛!由于用力过猛,长矛刺进了盛煤的木箱里,拔也拔不出来。

我们认为,这只怪兽会向铁匠扑过去,但是没有!它通过一扇开着的窗逃出了市政厅,跳到了市政厅的屋顶上。

这个恶魔!

"拿一架梯子来!"新市长说。

但是铁匠说:"不,我不敢冒第二次生命

163

危险了!最好让其他人来干吧!"

这一次是我的妹夫——屠宰工人卡尔布费尔勇敢地与这只怪兽进行生死搏斗。他一档又一档地爬上梯子,右手拿着长矛,随时做好刺杀的准备。

卡尔布费尔慢慢地接近屋檐。这时可怕的事情发生了:捉鼠狗向他龇牙咧嘴,竟然用前爪抓住了长矛!

我的妹夫大吼一声,夺回长矛,但由于用力过猛失去了平衡,从梯子上跌落下来。幸好我们把他接住了。

我们当中再也没有人敢这样冒险。我相信,没有人会责怪我们没有干掉这只怪兽。

"你们听着!"新市长说,"我的建议虽然是痛苦的,但是恐怕没有其他出路了。我们必须点火烧毁市政厅!烧毁市政厅,意味着连这只捉鼠狗也一起烧死。这比我们时刻提心吊胆被它吃掉要好上一千倍!"

遗憾的是,我们不得不同意他的建议,于是拿来柴火和破烂家什,放在市政厅的墙脚下,点燃了这座美丽而又雄伟的市政厅。

捉鼠狗又一次恶意地戏弄了我们,因为当市政厅的火苗蹿上天时,它从屋顶上跳了下来,逃到"红色的熊"酒店的屋顶上。

我们没有别的办法,也只能放火烧了这家酒店。这次是酒店老板自己放的火。

"朋友们,"他说,"这关系到希尔达城的安危,我必须顾全大局,做出牺牲。"

显然,酒店老板的牺牲也是徒劳的。捉鼠狗从燃烧着的酒店逃进了酒店旁边我妹夫家的屋子。

"不管怎样,"卡尔布费尔说,"我们必须把屋子烧掉!"

我不想谈其他细节了。卑鄙无耻的捉鼠狗迫使我们烧了一座又一座房子。

风助火势,短时间内,我们整座城市成了一片火海。傍晚来临前,我们已经把牲口、孩子和女人救到了希尔达山的山顶上。晚上,我们坐在山上,呆呆地看着山下燃烧着的希尔达城。

"昨天谁会想得到这场灾祸呢?"新市长叹了口气说。

"是的,"卡尔布费尔喃喃自语,"不幸被那位吉卜赛老人言中了。现在这座城市在烟雾弥漫中毁灭了。"

"只有一点不同。"我插话说,"这场灾难的罪魁祸首不是猫,而是那只捉鼠狗!"

"这又有什么区别呢!"我的伯父绍尔布罗特说,"我们别再去

想那么多令人伤心的往事了。还是想想我们的未来吧!如果我们明天就着手重建我们的城市,你们认为需要多久才能建成呢?"

"重建?"我的教父克瓦斯特满腹忧虑地说,"亲爱的市民们,我不参加!"

"怎么啦?"酒店老板问道,"你以为,这座城市会自己建起来吗?"

"不!"我的教父说,"它不该再重建!我想,我们在这个地方已经经历了太多的灾难。就我而言,我要离开这里,到别处去找一个归宿!"

"我也去!"我的妹夫卡尔布费尔说。

"我也去!"我亲爱的表兄西本克斯坚决地表示赞同。我、铁匠、我的岳父以及其他人都表达了相同的心愿。

"那么到哪里去呢?"新市长问道,"世界上有哪座城市能容纳我们这么多人?"

"不!"克瓦斯特说,"我们必须分道扬镳了!一部分人可以迁往一个地方,另一部分人则可以迁到另一个地方去。越远越好!"

第二天拂晓,我们相互道别,看了最后一眼还在冒烟的希尔达城废墟,然后每个人带着老婆、孩子还有家畜上路了。

这是八年又七个月前的事了。

今天，我们希尔达城的居民在世界各地找到了新的归宿。

我不知道其他人去了什么地方。这一方面令我伤心，另一方面也令我欣慰。

他们无论在哪里安家，我坚信，他们永远是真正的希尔达人，而且他们的行为举止也保持着希尔达人的本色。他们将把希尔达城的精神世世代代传下去。我可以肯定，希尔达人的后代散居在世界各地。从城市到农村，从平原到山区，总能找到那么几个人，他们身上流着希尔达人的血液，他们的祖先是希尔达人。

也正是这一点使我感到十分欣慰。

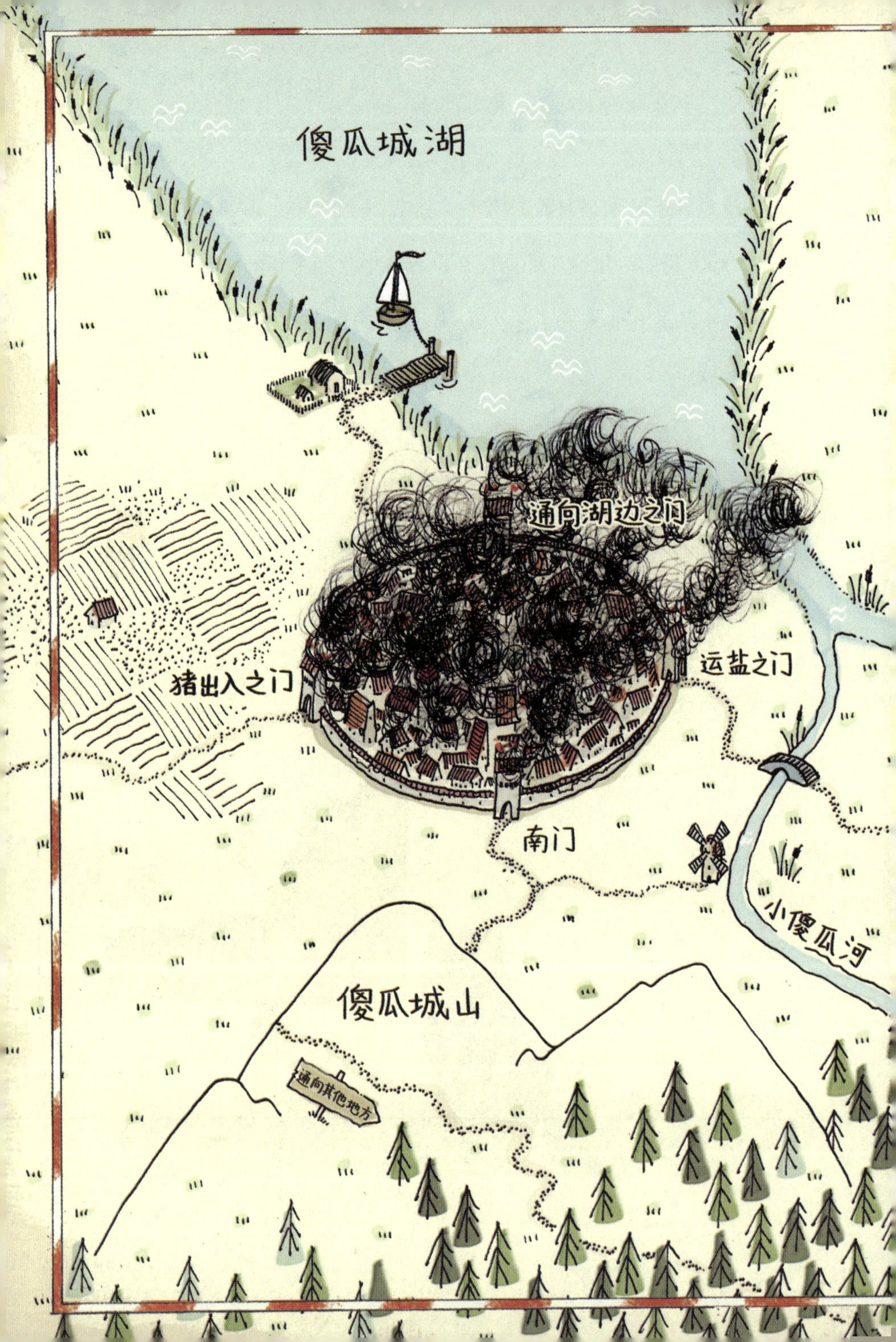
傻瓜城湖
通向湖边之门
猪出入之门
运盐之门
南门
小傻瓜河
傻瓜城山
通向其他地方

傻瓜城全貌

大傻瓜河

通向世俗之城